_____ 님 에게

강변가요제 '바다새'의 디바,

김혜정이 부르는 희망의 노래

김혜정 지음

모두 다 주고 싶다
ⓒ 2014, 김혜정 Kim, Hye Jeong

지은이 김혜정 **초판 1쇄** 발행 2014년 3월 25일

펴낸곳 호밀밭 **펴낸이** 장현정 **디자인** 김영진 **홍보마케팅** 김윤수 **매니지먼트** 마린엔터테인먼트

등록 2008년 11월 12일(제338-2008-6호) **주소** 부산 수영구 광안해변로263 파로스 O/T #1003

전화 070-7530-4675 **팩스** 0505-510-4675 **전자우편** homilbooks@naver.com **홈페이지** www.homilbooks.com

Published in Korea by Homilbat Publishing Co, Busan. Registration No. 338-2008-6.
First press export edition March, 2014. **Author** Kim, Hye Jeong
ISBN 978-89-98937-16-4 03810

"세상의 모든 책은 더 나은 삶으로 향하는 출발입니다."
세상 모든 것에 감탄하는 지혜로운 사람들의 공간 호밀밭

김혜정 지음

차 례

Part 3

모두 다 주고 싶다

어두운 바닷가,
홀로 나는 새야

"음, 아─ 아아아"

마음이 담긴 한 곡의 노래를 부르기 위해 숨소리와 정신을 가다듬는다. 무대에 오르는 순간 울려 퍼지는 관객들의 환호소리는 혈관을 타고 전해져 내 몸 속에 짜릿한 전율이 느껴진다. 내가 나일수 있는 시간, 김혜정인 시간. 이 순간을 얼마나 고대해왔던가.

나는 성공한 사람도 아니고 큰 사업을 해서 돈을 번 사람도 아니다. 나의 일상은 여전히 힘들고 작은 부분 하나하나 때문에 짜증도 내고 매일 고민을 안고 살아가는 평범한 사람이다. 스스로 부족함이 많다고 생각하는 내가 이렇게 책을 쓴다고 생각하니 좀 민망하기도 하다.

가끔 행사에 가서 나의 사연을 풀어 놓으면 남들이 보기에 완벽해 보이는 기업의 대표, 고위공무원 등 남부러울 것 없어 보이는 사람들도 이야기를 들으며 눈물을 보인다.

이들이 눈물을 흘리는 까닭에는 울퉁불퉁 거칠기가 돌밭과 같은 나의 인생사를 동정하는 마음도 있겠지만 그보다 자신들의 어려웠던 시절이 내 이야기를 통해 다시금 떠올랐기 때문이 아니었을까.

모든 사람의 생에는 기쁨의 순간을 많은 이들과 함께 나누는 때가 있는가 하면 자신만이 감내하고 부딪혀야 하는 아픔이 있다.

나 역시도 그랬다. 관객 앞에서 자유롭게 노래를 부르는 가수를 보며 '나도 꼭 가수가 되겠다'고 다짐한 것이 내 어린 시절의 유일한 꿈이었다. 실제로 1986년 강변가요제에서 그 꿈을 이뤘을 때는 어느 것 하나 부러울 것이 없었다.

나의 꿈은 영원히 이어질 것만 같았다. 하지만 현실의 두껍고 높은 벽은 젊은 시절의 나를 좌절하게 했다. '이렇게 노력하는데…'라는 간절한 마음으로 온 힘을 다해 매달려도 현실의 그늘은 쉽사리 다시 빛나는 환희의 순간을 가져다주지 않았다.

소망하던 꿈 대신 안정을 택하기도 했다. 심신이 지칠 대로 지친 나는 고향인 부산에서 나의 남편, 마봉진을 만났다. 오랜만에 느껴보는 사람의 정, 그것은 따스함이었다. 처음 그를 만난 날 부터 우리는 10년지기 오랜 친구처럼 서로의 즐거움과 어려움에 공감했다. 그렇게 나와 나의 남편은 교제 3개월 만에 결혼을 했다. 나는 결혼 후 큰 위안을 얻으며 부산에서의 생활에서 안정을 찾아갔고 1994년 큰 아들, 준영이를 낳았다.

평범하게 살아가는 것이 큰 기쁨이라고 누가 말했던가. 우리 가족은 서로를 위하며 평범한 일상 속에서 행복을 만끽했다. 하지만 기쁨도 잠시 또다시 나에게 찾아온 시련은 나의 삶을 송두리째 흔들었다.

큰 아들 준영이가 발달장애로 자폐아 판정을 받은 것이다. 나는 현실을 받아들이는 것이 너무나 힘겨웠다. 준영이의 건강상태가 점점 악화될수록 '내 인생은 왜 이다지도 가혹한 것인가' 하는 알 수 없는 이를 향한 원망이 계속되었다.

마주하기조차 힘든 현실에 몸부림칠 때 나를 잡아준 것은 다름 아닌 가족이었다. 남편은 남들의 시선 때문에 우리 가족이 상처받지 않도록 노력해주었고 준영이에 이어 낳은 둘째 아들 무영이도 어려운 환경이지만 싫은 내색 한 번 없이 어른스럽게 잘 자라주었다.

2006년 준영이의 불장난으로 인한 화재로 다시금 험난한 시련을 맞아야 했을 때도, 가족이라는 울타리는 든든한 버팀목이 돼주었다. 많은 이들이 현실 앞에 주저앉아 뜨거운 눈물을 흘리고 있다. 어떤 이의 현실이 더 고통스럽고 덜한지 그 누구도 판단할 수 없는 것이 사람의 인생 아닐까. 나는 이 책을 통해 최악이라 여겼던 내 삶 속에서도 희망을 가지고 한 발을 뗄 수 있었던 마음을 이 책에서 이야기하고자 한다.

마음이 부자인 사람이 진정 부자라고 하지 않았던가. '이 세상 모두를 보석으로 채운다 해도 너 하나와 바꿀 순 없다.' 아직 세상은 내 주위 사랑스러운 사람들로 인해 눈부시게 빛나며 이들이 있는 이상 내가 살아갈 이유는 분명하다.

차갑고 어두운 터널을 지날 때는 이런 행복을 누릴 수 있을 것이라고 상상하지 못했다. 오늘 하루도 생각지 못한 선물처럼 다가올 내일을 위해 펄떡이는 생명력으로 살고 싶다. 내가 지나온 길로 누군가 현실 앞의 웅크림을 떨쳐버릴 수 있다면. 그리고 꿈을 향해 힘차게 날개짓을 할 수 있다면 더 없이 기쁘겠다.

2014년 3월
바다새 김혜정

Part 1.
나의 음악, 나의 인생

희망의
레코드를 따라

어제의 추위가 아직 완전히 풀리지 않은 듯 하다. 뜨거운 입김을 내쉬며 고개 들어 바라본 아침 풍경은 차갑게 느껴지지만 새로운 햇빛에 반짝였다. 무대에 오르기 위해 내딛는 발걸음이 상쾌했다.

내가 노래 부를 순서를 확인하고 잠시 기다리니 많은 관객들이 자리를 메우기 시작했다. 스포트라이트가 빛을 발하고 심장을 울리는 연주가 시작되면 드디어 내 차례다. 마이크를 뜨겁게 쥐고 노래를 부르기 시작한다.

"어머~ 가수 김혜정씨 아니세요!"

"텔레비전에서 노래 부르시는 것 잘 봤어요~"

"아유, 김혜정씨 목소리 너무 좋더라"

나를 기분 좋게 하는, 일어설 수 있게 도와준 격려의 말들. 사랑하는 이들이 있기에 나는 다시 뛸 수 있었다. 나의 어려움을 알아주고 힘든 마음을 함께 나눠준 고마운 사람들이 있기에.

예전에는 다른 사람에게 내가 지내온 어려운 시절을 이야기한다는 것은 상상도 못할 일이었다. 다시는 두발을 딛고 일어날 수 없다고 생각했을 때 거짓말처럼 희망이 내 손을 잡아 이끌었다. 한 걸음도 더 걸을 수 없다고 생각했을 때 나는 힘을 내서 다시 뛸 수 있었다.

지금도 여전히 나는 난관에 부딪히고 선택을 한다. 하지만 많은 이들이 보내는 응원의 메시지에 희망의 끈을 질끈 묶고 새로운 발걸음을 내딛게 된다.

"안녕하세요! 오늘 〈보이는 라디오〉에 함께 해주신 게스트, 김혜정씨를 모셔보겠습니다~"

"안녕하세요, 부산 가시나 김혜정입니다!"

요즘은 여러 방송, 학교와 복지관 등에서 내 이야기와 노래를 들려줄 수 있는 기회가 생겼다. 어두운 터널을 지나고 나니 비로소 조금씩 빛이 보이기 시작했다. 나의 삶에 관심을 가져주는 사람들, 어려움에 공감해주는 이들에게 감사함을 전하고싶다.

내 삶이 너무나 가혹하다고 체념했을 때 행복은 소리없이 내 발밑부터 젖어들고 있었다. 나의 반쪽 마봉진은 사람의 정이 무엇인지 알게 해줬고 나의 아들 준영이는 아픔 속에서 희망을 찾게 했다.

모든 것을 잃었다고 생각했는데 사실 기쁨은 슬픔 속에 숨어 있었다.

처음 남편을 만나던 날, 오랜만에 느낀 사람의 온기에 나는 단 한 번에 그와 사랑에 빠졌다. 우리는 준영이와 무영이 낳고 기르며 가족이라는 이름으로 함께했다.

　　현실에 묻혀 잊고 있던 나의 꿈 tvN〈수퍼디바〉를 통해 한 걸음 다가갈 수 있었다. 음악과 가족의 소중함을 다시 한 번 일깨워준 내겐 정말 뜻 깊은 프로그램이다. 몸이 아픈 준영이와 우리 가족의 사연이 세상에 알려지면서 라디오, 텔레비전, 잡지 등 많은 곳에서 아픔을 공감하고 위로하기 위해 나를 찾아줘 바쁜 일과를 보내고 있다.

　　세상에는 많은 이들이 자신만의 슬픔과 괴로움을 안고 살아간다. 자신의 괴로움을 조금이라도 덜어 내기 위해서 하루하루 괴물 같은 현실과 싸우는 사람들. 상처받은 마음을 드러낼 곳 없어 조용히 홀로 끌어안고 사는 이들.

이 모든 이들을 위해 노래하고 싶다. 나의 목소리가 조금이라도 그들의 상처를 보듬을 수 있다면 그보다 더 큰 보람이 어디 있을까.

내가 힘들 때 지친 몸을 안아 줄 수 있는 따스한 손길을 가진 나의 가족들과 함께 더디게 흐르는 시간 속에서 저 멀리 들리는 희망의 멜로디를 따라 때로는 어쩔 수 없는 현실에 힘들어 할지라도.

내가 지나온 길이 타인의 위로가 되길 바라는 마음으로 나의 이야기를 풀어본다.

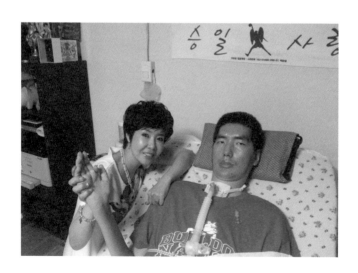

www.seosancwc.or.k

서산문화복지센터 특별강연

'바라새' 김혜정이 부르는

희망의 노래

| 대 상 | 서산시민 누구나
| 장 소 | 서산문화복지센터 야외 특설무대
(우천시 공연장 이용합니다.)
| 강연일시 | **2013. 07. 26(토) 19:00**
| 접수일시 | 2013. 07. 11(목)~ 07. 25(금) 18:00까지
| 접수방법 | 방문접수 및 인터넷 접수
(http://www.seosancwc.or.kr)
| 문의전화 | 041) 666-7104~6

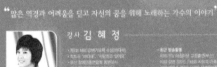

" 많은 역경과 어려움을 딛고 자신의 꿈을 위해 노래하는 가수의 이야기 "

강사 김 혜 정

빨간 레코드의
추억

반짝반짝 윤이 나는 빨간색 투명 레코드, 음악의 아름다운 선율과 처음 마주한 것은 초등학교 3학년 때였다. 2남 3녀 중 장녀로 태어난 나는 집에서 동생들과 지내는 시간이 많았다. 당시 철공소를 다니셨던 아버지, 그런 아버지를 따라 나서서 함께 일을 도우시던 엄마 대신 동생들과 집을 지키며 공부를 봐주는 것이 나의 주요 일과였다.

　식구는 많았지만 살림은 넉넉지 못했다. 전포동 산자락 바로 아래 위치한 우리 집은 겨울에는 몹시 추웠고 여름이면 태풍이 올 때마다 비를 맞으며 지붕판자를 잡고 있어야 했다.

　생활은 어려웠어도 형제지간에 우애는 넘쳤다. 남동생들이 태어나기 전 전포동 산자락 아래서 살던 시절 우리 집은 딸부잣집으로 유명했다. 세 자매는 부모님이 안 계신 점심시간 찬장에 넣어둔 마가린을 꺼내 함께 밥을 비벼 먹곤 했다. 냉장고가 없었던 터라 한 번씩 운 좋게 간식이 있으면 아껴 먹으려다가 산개미들이 까맣게 몰려들어 세 자매가 울상 짓던 적이 많았다.

　언제나 부족한 것이 많았지만 온 가족이 보물처럼 아끼던 물건이 있었는데 바로 빨간색 투명 레코드였다. 아버지와 엄마도 음악을 좋아하셨고 설날이나 추석이 되면 온 가족이 둘러 앉아 노래를 불렀다. 할머니는 그 자리에서 바로 노래를 시조처럼 지어내 곧잘 불러주셨는데 그 때의 할머니 노랫소리는 무척 흥겨웠다.

　나는 밖에 나갔다 집에 오는 길목에서부터 우리집 레코드에서 흘러나오는 노랫소리를 듣고 심장이 마구 두근거렸다. 어떤 날은 '눈물의 소렌자'라는 음악을 들었는데 구슬프면서도 아름답게 흐르는 멜로디가 귓가에 맴돌아 밤잠을 설쳤던 적이 있다.

얇은 바늘 끝에서부터 울려 퍼지는 레코드의 선율은 그야말로 내게 경이로운 세계였다. 뱅글뱅글 돌아가는 턴테이블을 보며 부드럽고 감미로운 음악소리에 한껏 매료되었다. 빨간 레코드를 향한 나의 사랑은 점점 커져만 갔다. 하루하루 아버지의 레코드판을 골라 듣는 것이 큰 즐거움이었다.

그러던 어느 여름 날 무지막지한 태풍이 우리 마을을 덮쳤을 때였다. 창문을 윙윙 때리는 바람소리는 어렸을 때 우리 남매를 공포로 몰아넣었다. 바람이 잦아들기만을 기다리고 있는데 엄마가 큰 소리로 나를 부르는 것이 아닌가.

"혜정아! 지붕..! 지붕 날라간데이!"

초등학교 6학년에 불과했던 나였지만 엄마의 고함소리에 번뜩 빨간 레코드가 걱정이 됐다. 무섭게 바람이 몰아치는 빗속을 뚫고 나는 얼른 사다리에 올라 지붕을 부여잡았다. 비에 젖은 내 머리칼이 얼굴을 따갑게 갈겼다. 그래도 레코드를 지켜야겠다는 마음이 컸던 탓에 태풍 속에서 버틸 수 있었던 것 같다.

그렇게 내 유년시절에는 빨간 레코드의 자리가 컸고 지금도 내 가슴속에는 그 때 추억이 숨쉬고 있다. 어렸을 때부터 유독 비오는 날을 좋아했던 나는 다락에 올라가 지붕을 타고 한 방울씩 떨어지는 빗방울을 보며 몇 시간이고 노래를 흥얼거리는 것이 좋았다. 누가 그렇게 하라고 일러주지 않았음에도 노래를 향한 열정은 내 마음속 깊은 곳에서부터 작은 씨앗처럼 움트기 시작했다.

어린이들이 나와 노래 경연하는 KBS의 '누가 누가 잘하나' 프로그램은 내가 가장 좋아했던 것이다. 이 프로그램을 본 다음날이면 학교에서 아이들과 모여 "걔는 노래 정말 잘하더라, 그 아는 목소리가 예쁘더라"하면서 신나게 떠들었다. 대중 앞에 서고 싶다는 열망은 이때부터 시작된 것이 아닐까 한다. 어린이들이 예쁜 옷을 차려입고 서로 노래를 뽐내는 모습을 보며 나는 꼭 프로그램에 나가고 싶다는 생각에 사로 잡혔다. 일주일에 한 번씩 예선을 본다는 것을 알고서 그 길로 혼자서 먼 길을 걸어 KBS에 갔다.

평소에 좋아하고 잘 부르는 노래를 골라 며칠을 목이 쉬도록 불렀다. 어린아이가 주구장창 노래만 불러 힘이 들 법도 한데 나는 지친 기색 없이 계속해서 불렀다고 한다. 내 머릿속에는 많은 사람들 앞에서 내가 노래 할 수 있다는 생각밖에 없었던 것 같다.

떨리는 마음을 안고 참가한 예선에서는 그동안의 노력을 비웃기라도 하듯 보기 좋게 떨어지고 말았다. 얼마나 분했는지 앙 다문 이가 덜덜 떨리고 눈물이 하염없이 떨어졌다. 집으로 돌아오는 그 길이 량하고 서글프기까지했다.

그 당시 나는 노래 부르는 것을 참 좋아했지만 정식으로 노래를 배운 적은 없었다. 집안 사정상 바랄 수도 없었기 때문에 혼자서 텔레비전을 보며 열심히 연습하는 것이 전부였다.

그 날도 '누가 누가 잘하나' 프로그램을 보고 있을 때였다. 텔레비전을 통해 최우수상을 받은 어린이가 부르는 노래를 가만히 듣고 있는데 속으로 '아!' 하고 머리가 순간 번쩍 뜨이는 느낌을 받았다. 텔레비전 속 그 어린이는 합창단 출신이었다. "어디서 귀뚜라미~ 울고 있네요~" 내가 노래를 부를 때처럼 음을 끌며 내는 것이 아니라 뱃속 깊은 곳에서 소리가 목구멍을 바로 받아치듯이 명쾌한 음을 내는 것이 아닌가. 그래서 다시 대회에 도전하기로 마음먹었다.

두 번째로 고른 예선 도전곡은 '보름달'이라는 동요였다. 벼르고 별렀던 만큼 열정적으로 연습에 임했다. 목에서 쇳소리가 날 정도로 노래를 부르자 옆에서 보시던 엄마는 "아이고, 혜정아. 니 그라다 목 다 쉬겠다"하며 안쓰러워하셨다.

결전의 날, 드디어 예선을 위해 KBS로 향하던 내 발걸음은 비장한 분위기가 돌 정도였다. 무대에 오르는 순간 화려한 조명이 나를 비추고 사람들의 시선이 내게 고정됐다. 긴장할 법도 한데 떨리는 기색 없이 나는 준비해간 노래를 불러나갔다. 아니나 다를까 마침내 나는 예선을 넘어 본선에서 장려상을 받게 됐다. 정신없이 쏟아지는 환호성, 여기저기서 터지는 카메라 플래시에도 이상하리만치 당시 내 기억은 또렷하게 남아있다.

마치 이 순간을 위해 내가 있었던 것처럼 말이다.

장려상을 받은 이 날이 내가 처음 가수로 데뷔한 날이라고 불러도 좋을 만큼 감격스러웠다.

수상 소감을 인터뷰하기 위해 난생처음 마이크를 전해 받았을 때도 나는 부끄러움 없이 "집에서는 채송화를 키우고요, 아침에는 노랫소리로 자리에서 일어나요"라는 말을 하기도 했다.

이 날 이후 나는 많은 사람들 앞에서 노래를 부르는 즐거움에 사로 잡혔던 것 같다. 나를 향한 갈채소리, 내게 집중된 시선, 나의 노래에 감동하는 사람들의 모습에 초등학교 6학년이라는 어린 나이에도 불구하고 '가수'가 되고 싶다고 마음먹은 것이다.

다 자라 어른이 된 지금에서야 나는 어린 시절에 내가 노래에 소질이 있다고 알게 됐다. 누구나 원하는 직업을 꿈꾸고 그 꿈을 향해 노력한다. 하지만 많은 이들이 내가 무엇을 원하고 있는지 모르고 지나가는 경우가 많다. 나는 가족들 덕분에 나의 '소질'을 알았다.

일등공신은 다름 아닌 할머니다. 옛날부터 노래 부르기를 좋아하셨던 할머니는 어린 내 손을 잡아 이끌고 마을 어귀 또는 여행길에 올라서 많은 이들 앞에서 떨지 않고 노래를 부를 수 있게 무대를 마련해준 셈이다.

나라고 처음부터 생판 모르는 남 앞에서 노래 부르는 것이 떨리지 않았을까? 물론 아니다. 하지만 당시에는 떨리는 마음보다 나의 노래를 기다리고 또 기대하는 이들의 눈빛을 보며 용기를 얻고 노래를 잘 부르고 싶다는 마음이 더 컸다. 그런 까닭에 나는 내 노래를 좋아해주는 이들을 보고자 어느 장소건 가리지 않고 가서 노래를 불렀다.

그날도 할머니의 손에 이끌려 어딘가 가고 있었다. 다다른 곳은 바로 관광버스! 할머니는 손녀가 노래를 감칠맛나게 잘부르는 모습을 친구 분들에게 자랑하고 싶으셨던 걸까, 친구 분들과의 여행길에 나를 데려가셨다.

사람들이 하나 둘씩 모여 버스가 출발하자 관광버스 안은 곧 흥분의 도가니로 바뀌었다. 번쩍거리는 조명이 휘황찬란하게 움직이고 내 마음도 두근거렸다. 할머니들은 신나게 춤을 추시다가도 내가 노래할 차례가 되면 주의 깊게 들어주셨다. 그러면 나도 흥이 나서 내가 아는 동요와 엄마가 가르쳐주신 가요를 부르곤 했다.

그 때 내가 가장 좋아하는 말은 역시 "아따, 혜정이 노래 참말로 잘 부른다"는 거였다. 어린 시절 나는 집안 환경은 어려웠지만 노래를 좋아하는 나를 위해 격려와 응원을 아끼지 않았던 가족들이 있어 나만의 무대를 만들 수 있었다. 많은 사람들이 알아주지 않더라도 아니 누가 봐도 작고 초라한 무대일지라도 나는 나만의 관객을 위해 목청을 높였다.

남들 시선을 의식하며 내 주위의 사람들이 "혜정아, 니는 와그라노. 다른 친구들처럼 공부도 하고 밖에서 뛰어 놀아야재"라고 했다면 지금의 가수 김혜정은 없었을 것이다. 노래에 대한 연정을 품은 나를 응원해준 가족이 있었기에 나는 그 꿈을 향해 거침없이 다음 발걸음을 내딛을 수 있었다.

할머니와
칼국수

내가 노래 부르기를 좋아하게 된 것은 할머니의 역할이 가장 컸다. 할머니는 내가 아주 어렸을 때부터 내 손을 잡고 마을 사람들, 친구 분들에게 내 노래를 들려 주셨다. 잘 부르지 못했던 때도 할머니와 할머니 친구 분들은 최고의 찬사로 힘을 북돋아 주셨다. 칭찬을 들은 날이면 기분이 한껏 들떠서 더 열심히 노래 연습을 했던 기억이 난다. 아마도 이때부터 내게 무대 울렁증이 아닌 무대 중독증이 생긴 게 아닐까.

어린 동생들이 많았음에도 할머니는 나를 가장 예뻐하셨다. 동생들 몰래 한 번씩 간식을 주실 때마다 나와 할머니만의 비밀이 생긴 것 같은 마음이었다.

칭찬 받고 싶어 목청을 한껏 높이 노래를 부르는 모습을 보며 언제나 미소를 지으시던 할머니와의 추억은 그림처럼 내 마음에 남아있다.

할머니는 참 정이 많은 분이셨다. 내가 초등학교를 다닐 때 할머니께서는 초등학교 뒷산 꼭대기 작은 삼촌집에 함께 사셨다. 학교를 마치면 항상 할머니를 보러 산에 올랐다.

작은 삼촌집으로 가는 길은 가파르지 않은 오솔길로 이어졌는데 새들이 지저귀는 소리, 나뭇잎이 바람에 바스락 거리는 소리를 들으며 할머니를 만날 생각에 경쾌한 발걸음으로 집을 향해 뛰었다.

얼마나 산을 올라왔을까 나무로 가려진 저 언덕 너머에 작은 삼촌네 집이 보였다. 남아있는 힘을 모두 모아 할머니를 부르며 달려가면 어김없이 할머니께서는 함박웃음으로 나를 맞아 주셨다.

작은 삼촌네도 집안 살림이 넉넉지 못했지만 작은 삼촌네 집에 갈 때마다 나는 잔뜩 신이 났다. 왜냐하면 할머니의 아지트에서 마음껏 놀 수 있었기 때문이었다.

할머니의 아지트는 집 밖에 우두커니 서 있는 큰 바위 틈 안에 만들어져 있었다. 사람 한 명이 겨우 지나갈 크기의 틈을 통과하면 아늑한 공간이 있었다.

할머니는 커다란 회색 바위 사이의 공간을 할머니만의 아기자기한 솜씨로 꾸며 놓으셨다. 늙은 호박과 네모난 메주가 주렁주렁 달려 있고 옛날 잡지와 신문으로 도배된 할머니의 아지트는 정감 가면서도 할머니의 냄새를 물씬 맡을 수 있는 곳이었다.

내가 할머니 아지트에 놀러갈 때마다 할머니표 칼국수를 끓여주셨다. 된장과 야채로 국물을 내고 할머니가 직접 밀가루를 반죽해 큰 칼로 듬성듬성 썰어 넣은 칼국수는 구수하고 맛이 좋았다. 또 하나, 칼국수와 함께하는 감자볶음도 잊지 않고 내주셨는데 제일 좋아하는 음식이 되었다.

그 시절 할머니는 나의 단짝 친구였다. 산과 가까이 지내시다보니 할머니는 곤충과 식물에 대해선 척척박사처럼 모르시는 것이 없었다. 칼국수를 후루룩 다 먹고 나면 숲으로 나가 할머니와 곤충을 잡고 놀았다.

"이얏! 할머니 요놈 내가 잡았다!"

"아이고 혜정이 손이 우째 이리 빠르노"

"할머니, 야 이름은 뭐꼬?"

"야는 하늘소다. 하늘소"

할머니 덕분에 방학기간 탐구생활 숙제는 내가 항상 1등을 차지했다. 할머니와 함께 채집한 곤충과 식물은 그야말로 보기 드문 희귀한 것이어서 반 아이들의 부러움을 한 몸에 사곤 했다.

할머니와 놀다가 해가 뉘엿뉘엿 저물어가면 그 시간은 내게 악몽 같았다. 나는 할머니와 떨어지기 아쉬운 마음에 매일 같이 눈물을 펑펑 쏟으며 집으로 돌아갔다.

할머니는 할아버지와 6.25 사변 때 생이별을 하시고 부산에서 작은 삼촌과 함께 지내셨는데 내가 중학교에 들어가고부터 건강이 많이 안 좋아지셨다. 그래서 안동에 계신 큰 아버지 댁으로 거처를 옮기셨고 집이 멀어지자 할머니를 보러갈수가 없었다. 초등학교 때 할머니는 나에게 둘도 없는 친구였는데 중학교, 고등학교에 들어가면서 할머니의 존재는 점점 옅어진 추억이 되었다.

　대학교에 들어가고 25살이 됐을 때 할머니께서 지병으로 갑자기 돌아가셨다는 소식을 들었다. 지금생각하니 제대로 찾아뵙지 못한 것이 아쉬움으로 남는다. 그 날 할머니를 뵈러 안동으로 갔을 때 차마 할머니 곁을 떠나지 못했다. 어리고 철없던 나를 귀여워만 해주셨던 할머니, 나의 노래를 들으시며 있는 힘껏 박수쳐 주시던 할머니의 모습이 아련하게 남아 나의 노래의 원동력이 되고 있다.

내 청춘,
화려한 팝송처럼

매일 밤 12시 모두 잠든 고요한 시간, 라디오를 통해 흘러나오는 톡톡 튀는 팝송은 이전에는 몰랐던 새로운 음악의 세계로 나를 데려다 놓았다.

1980년대 초반 중학교에 갓 입학했을 때 라디오에서는 너도나도 팝송을 선곡해 그야말로 팝송이 붐을 이루던 때였다. 당시 음반을 직접 사서 듣는것보다 라디오를 통해 음악을 많이 들었던 자연스럽게 팝송을 접했고 그 시대의 팝송은 열정적인 젊음의 상징이었다.

나는 팝송을 맘껏 들을 수 있는 AFKN채널의 '아메리칸 탑 포티(American Top 40)' 애청자였다. 그 방송이 시작하는 시간은 밤 12시. 팝송을 듣기 위해 매일 밤 동생들과 전쟁을 치렀다.

"언니야! 잠 쫌 자자!"

"이거만 듣고 자께, 먼저 자라 안카나~"

끝없이 실랑이가 이어지다가 어느 순간 동생들은 언제 그랬냐는 듯 곤히 잠들곤 했다. 그때 동생들도 사춘기에 접어들 때라 예민했을 텐데 참아줬던 것이 새삼 고맙게 느껴진다.

아메리칸 탑 포티 방송에서는 매일 1위부터 40위에 랭크된 팝송을 틀어 줬다. 내가 가장 좋아했던 노래는 레드제플린(Led Zeppelin)의 '베이비 암 거너 리브 유(Babe, I'm gonna leave you, 그대여 난 당신을 떠나려고 해)'였다. 폭발적인 밴드의 사운드와 로버트 플랜트(Robert Plant)의 목소리는 자유를 갈구하는 열망을 느끼기 충분했다.

보니 타일러(Bonnie Tyler)의 '토탈 이클립스 오브 더 하트(Total eclipse of the heart, 마음의 일식)' 멜로디는 늦은 밤 달그림자가 기울 때 절로 눈물을 훔치게 했다.

매일 밤 팝송을 들으니 중학생 또래 친구들보다 팝송에 대해 더 많이 알았고 제목만 들어도 가사를 줄줄 읊었다. 내 친구들은 그런 내 모습을 신기하게 바라봤고 쉬는 시간이면 내 자리에 모여들어 함께 팝송을 부르곤 했다.

학교 행사, 소풍 때면 어김없이 나가서 팝송을 불렀다. 어렸을 적 남들 앞에서 노래를 부르면서 주목받는 것이 좋았다면 학창시절 노래를 부르는 것은 친구들과 공감대를 형성할 수 있다는 것에 재미를 느꼈다. 성격도, 얼굴도, 사는 곳도 달랐지만 같은 노래를 부르고 즐겁게 웃을 수 있다는 것이 친구들과 기분 좋은 동질감, 우정을 느끼게 해줬다.

66

이유 없이 마음이 울적해져

창가에 앉아 비를 바라봤다.

끝도 없이 하늘에서 내리는 물줄기,

비를 보면 어두운 내 마음도

씻겨 내려지는 것처럼 시원했다.

한 번씩 빗줄기가 거세게 내릴 때

학교 운동장으로 나가 온몸으로

비를 맞은 적이 있다.

그 때는 빗소리와 함께 어디선가

음악소리가 장단을 맞추는 듯 했다.

꼭 영화 '오버 더 레인보우'의 한장면의

주인공이 된 것처럼 기분이 좋았다.

99

하루 동안 단 한 번도 음악을 듣지 않은적이 없었다. 학교에서는 친구들과, 방과 후에는 카페테리아에 들르거나 집에서 라디오로 온종일 음악을 듣고 살았다.

음악과 함께 학창시절을 보내고 있던 날 내 인생에 있어 중요한 전환점이 되는 시기를 맞게되었다. 바로 1984년 이선희 선배의 노래 'J에게'가 강변가요제에서 대상을 수상한 것이다. 그 노래는 고등학교 2학년이었던 나에게 감동을 주었다. 애절한 멜로디, 주옥같은 가사, 모든 것이 내 이야기처럼 와 닿았고 'J에게'를 듣고 또 들었다.

이선희 선배의 'J에게'는 가요제 대상에 이어 전국적으로 폭발적인 인기를 모았다. 'J에게'의 성공은 당시 음악 레슨을 받을 선생님도, 음대에 지원할 여유도 없었던 나에게 정신적으로 큰 롤모델이 되었다. 가요제에 혜성처럼 나타나 전 국민의 사랑을 받는 그녀를 보며 나도 막연히 가수가 되겠다는 꿈을 실현하기 위해 노력해야겠다고 마음먹었다.

내가 대입시험을 치른 날은 기록적인 한파로 유난히 날씨가 추웠다. 시험을 모두 마치고 학교를 나왔을 때 바라본 하늘은 희끄무레하게 뿌연 먼지같았지만 차가운 공기가 상쾌하게 느껴졌다. 인생의 한 고비를 무사히 넘긴 것 같은 좋은 일이 생길 것이라 예감했었다.

그 해 겨울 나는 경성대학교 영문과에 입학을 허가받았다. 여전히 나의 미래는 불투명했지만 기대에 부풀어 있었다. 그 때 나의 두 볼은 발갛게 홍조를 띄고 있었을 것이다. 희망은 품는 사람의 것이다. 희망을 두 손 가득 쥐고 있다면 언제든, 어떤 상황에서든 달릴 수 있다 믿는다. 나 역시 학창시절의 추억을 안고 가수가 되기 위한 새로운 레이스를 뛸 준비를 마쳤었다. 달력의 몇 장이 넘어가자 드디어 기다리던 대학생활의 막이 올랐다.

무대 위의
주인공을 꿈꾸며

만약 누구에게도 구애 받지 않는 오로지 당신만의 시간이 있다면 당신은 무엇을 할 것인가. 짐작컨대, 당신이 평소에 생각하고 가장 해보고 싶었던 일을 하지 않을까.

나는 고등학교 3학년 입시를 마치고 드디어 나만의 시간을 가질 수 있었다. 대학교에 들어가기 전 겨울방학이었는데 나에겐 달콤한 나만의 시간이었던 것 같다.

그 시간 내가 한 것은 다름 아닌 노래 연습이었다. 그런데 이 노래 연습이 조금 유별났다. 누군가 내가 노래 연습하는 것을 본다면 '저게 도대체 뭐하는 거지?'라는 고개를 갸우뚱 했을것이다.

나의 노래 연습은 그 당시 내가 좋아하는 가수를 판박이처럼 똑같이 흉내내는 거였다. 단순히 노래와 목소리뿐만 아니라 그 가수가 입었던 의상이며 무대 동작 하나하나를 모두 따라하는거였다.

먼저 큰 방에 있는 전신거울을 내 방으로 가져왔다. 노래 부르는 내 모습이 잘 보이는 각도로 세워 놓는 것이다. 옛날 거울이라 어찌나 무겁던지…… 매번 연습할 때마다 거울을 들고 나르다 깨트릴까봐 마음이 조마조마했다. 만약 거울에 금이라도 가는 날엔 엄청 혼이 날 것을 알았기 때문이었다.

그 때 내가 가장 즐겨 들은 음반은 휘트니 휴스턴의 1집 앨범이었다. 레코드판에 앨범을 넣어 흐르는 노래에 맞춰 휘트니 휴스턴의 몸동작, 손짓, 목소리를 매일 따라했다. 몇 백번을 반복해서 들었는지 모르지만 나중에는 듣지 않고도 전 곡을 줄줄 외울 정도였다.

가수라면 무대에서도 프로다운 모습을 보여야 한다고 여겼다. 그래서 생각해 낸 것이 바로 '포대기'였다. 나만의 무대에서만 볼 수 있는 것이었다. 옛날에는 집집마다 면 포대기가 여러 장씩 있었는데 나는 그 포대기를 둘둘 말아 드레스도 만들었다가 짧은 치마도 만들었다. 머리에도 뒤집어써서 면사포처럼 늘어뜨리거나 양갈래 머리로 땋기도 했다.

지금 돌이켜보면 정말 우스꽝스러운 모습이 아닐 수 없다. 허연 포대기를 머리에도 이고 몸에도 감고 거울을 보며 열창하는 고등학생의 모습이란……

하지만 그 때는 빨리 나의 노래를 많은 이들에게 들려주고 싶다는 생각에 사로 잡혔던 것이다. 그런 나에게 면 포대기는 나의 근사한 원피스가 되어 주었고 거울 속의 나는 완벽한 프로 가수처럼 보이게도 해주었다.

몇십 년이 지난 지금도 나는 휘트니 휴스턴의 노래를 잊지 않고 기억하고 있다. 남들이 보기에 이상해 보였을 노래 연습은 가수의 무대를 향한 나의 노력의 첫 번째 단계는 아니었을까.

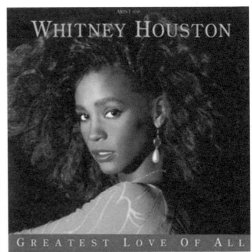

새내기 김혜정
함께 노래하다

"혜정아, 일어나서 언능 밥 묵어라~"

문 밖에서 들려오는 엄마 목소리에 부스스 눈을 떴다. 창문에 비치는 햇살을 보니 몸이 먼저 일어나졌다. 대학생으로 처음 학교에 가는 날이라 잠에서 그런지 깨기도 전에 가슴이 두근거렸다. 나도 이제 대학생이라는 사실이 새삼 나를 들뜨게 만들었다.

아침마다 꺼칠했던 입맛도 그날은 별 반찬 없이도 꿀맛이었다. 어제 저녁에 걸어둔 새 옷을 가지런히 입고 거울에 내 모습을 비춰봤다.

큰딸이 대학교에 들어간다고 부모님은 부족한 살림이지만 사주신 새 옷을 가지런히 입고 거울에 내 모습을 비춰봤다. 아직 교복입었던 학생티를 완전히 벗어내지 못한 내가 잇몸을 보이며 씩 웃고 있었다.

"아이고, 이게 색깔이 이쁘네~ 혜정아, 니가 이제 참말로 대학생이가"라며 엄마는 설렘을 감추지 못하셨다. 철공소 일에 집안일까지 몸이 열개라도 모자라 발을 동동구르며 힘들어 하셨던 엄마였는데 내가 입을 옷을 함께 골라주실 때는 엄마는 새내기 대학생이 된 것처럼 함께 기뻐해 주셨다.

내가 대학교에 입학할 때 우리집 난생 처음 아파트로 전세를 얻어 살게 되었다. 어린 시절부터 우리 가족은 단독주택을 이리저리 옮겨 다녔는데 아파트에서 살게 되자 엄마와 동생들은 뛸 듯이 좋아했다.

집도 아파트로 옮겨가고 대학생활도 시작되면서 나는 기대에 부풀었다. 우리집은 학교에서 버스로 30분 남짓 걸리는 곳에 있었는데. 집을 나서 버스정류장까지 걸어가는 그 길이 얼마나 좋았던지 내 발걸음이 마치 구름위를 걷는 듯 설레였다.

버스에 타고 운 좋게 자리를 잡고 앉아 창밖의 풍경을 바라봤다. 시내 중심가를 지나 버스는 대연동을 향해 가고 있었다. 분주히 지나가는 사람들 사이로 비치는 가로수에는 푸른 새 잎이 수줍게 올라와 있었다. 저 새싹도 햇빛과 바람을 맞아 시간이 흐르면 푸르게 반짝일 거라 생각하니 입가에 나도 모르게 미소가 지었다.

학교에 다다랐을 즈음 버스에 내리기 전부터 교문은 시끌벅적했다. 신입생을 환영하는 현수막이 커다랗게 걸려있었고 학교 선배로 보이는 이들이 큰 소리로 인사를 하고 있었다.

입구를 지나면서 나는 마치 어른이 다 된 것처럼 뿌듯했다. 주위를 둘러보니 언덕길 교정을 따라 학생들이 강당 쪽으로 발걸음을 옮기고 있었다. 교정에는 나무가 많아서 온통 아침 햇살을 받은 상쾌한 빛을 뿜어내고 있는 것 같이 보였다.

"친애하는 신입생 여러분께~ 우리 학교는 전통과 모범을 자랑하며~"

옹기종기 강당에 모인 신입생들은 학교 총장의 근엄한 연설보다 어떤 친구가 우리과 학생인지, 같은학교를 다닌 친구가 있는지 서로 둘러보기에 여념이 없었다.

처음부터 나는 가요제에 나가기 위해 대학 진학을 마음먹었었다. 그렇다보니 대입시험을 치고 나서 어떤 학교와 전공을 선택할지 다른 친구들보다 고민을 덜 했는지도 모르겠다.

"엄마, 내 경성대 영문과에 가면 어떻겠노? 내는 영어도 좋아하고 학교도 집에서 안 멀고.."

엄마는 내가 중고등학교 때부터 어디서나 팝송을 좋아했던 것을 잘 알고 계셨던 터라 경성대학교 영어영문학과 입학을 승낙해주셨다.

흔쾌히 대학 입학을 허락해주셨던 부모님이지만 나는 당시에도 우리집 사정이 넉넉지 않았음을 여실히 알고 있었다. 언제나 우리 부모님은 장녀에게 힘을 실어줘야 한다고 말씀하시며 어려운 살림에도 불구하고 물심양면 나를 도와주셨다. 그런 부모님의 마음을 알기에 대학교 입학 후 틈틈이 아르바이트를 하며 학비와 용돈, 그리고 음반을 샀다.

대학교 수업이 정식으로 시작됐을 시기에 내 마음은 음악과 가요제에 집중돼 있었다. '어떻게 하면 빨리 가요제에 나갈 수 있을까'라는 생각이 내 머릿속에 자리 잡고 있었다.

음악과 가요제에 대한 생각이 나를 지배하던 시절이었던 만큼 또래 친구들과는 조금 다른 대학생활이 이어졌다. 그 시절 같은 과 친구들은 학과공부에 집중하고 친구들 간의 관계를 중요히 생각하는 듯 했다. 하지만 나는 학과 수업은 듣는 둥 마는 둥 수업을 마치면 아르바이트 하러 서둘러 학교를 나오는 생활이 반복됐다. 자연스럽게 학과 친구들과는 가까워지기 어려웠다.

그 날도 높이 구부러진 교정을 걷던 중이었다. 당시 교정에는 신입생을 모집하는 동아리 사람들로 가득했다. 너도나도 신입회원을 받기 위해 동아리 소개에 여념이 없었다. 우리과 친구들도 어느 동아리에 들면 좋을지 갈팡질팡하는 듯 했다. 과 친구들에게 인기 있었던 동아리는 AFKN, 굿모닝 팝스 등 영어방송과 팝송을 듣는 동아리였다. "그 동아리에 엄청 잘생긴 오빠가 있다던데, 인기가 진짜 많다카더라"는 등 친구들의 한껏 들뜬 이야기소리를 어렵지 않게 들을 수 있었다.

나 역시 동아리 가입을 위해 열을 올렸다. 나는 어린 시절부터 항상 노래를 불러왔지만 정식으로 누군가에게 교육을 받거나 음악적

지식을 공유한 경험이 전혀 없었다. 그런 나에게 음악 동아리 회원이 되다는 것은 그동안 쌓였던 음악공부에 대한 갈증을 해소할 수 있는 분출구가 됐다.

내가 가입한 동아리는 부산 내에서도 음악 동아리로 유명한 '여운'이었다. 그 당시 유명한 부산 내 대학 동아리로는 부산대 '썰물', 동아대 '노래의 메아리', 동의대 '무드'가 있었다.

가입을 위해 나는 교정에서 받은 전단지를 손에 쥐고 동아리 방으로 향했다. 입구에 다다르자 설레는 마음은 극에 달했다. 들어가기 전 손잡이를 잡을 때 뭔가 찌릿한 느낌이 전해져왔다.

용기 내 들어간 동아리 방안에선 연주를 하며 서로 음을 맞추고 있는 사람이 서너 명 있었다. 혹시 내가 연주를 방해하지 않았는지 떨리는 목소리로 "신입회원 모집한다고 해서 왔는데요"라고 간신히 입을 열었다. 기타를 들고 있던 훤칠한 키의 남자가 "아, 맞아요. 잘 왔어요"하고 웃어 보였다. 그제야 나는 깊이 안도의 숨을 쉴 수 있었다.

동아리 가입을 위해서는 간단한 테스트를 거쳐야 했다. 나는 보컬 파트를 맡아 활동하고 싶었기에 준비해 간 이선희 선배의 'J에게'를 불렀다. 노래를 부르는 동안에는 한 치의 떨림도 없었다. 어서 빨리 동아리에 들어가고 싶다는 마음이 강했기 때문이었을까, 더욱 힘주어 노래를 불렀다.

이윽고 노래가 끝나자 "시원시원하니 목소리 좋네, 앞으로 잘해보자"고 남자 선배가 내게 말했다. 그 선배는 내가 가입하고 난 뒤 서로 앞으로 더 발전하기 위한 칭찬과 격려를 아끼지 않는 사이가 됐다. 그 선배의 이름은 '박중래'인데, 중래선배는 내가 가입할 당시 동아리 내 정신적인 지주인 대선배였다.

나는 그동안 혼자서 노래를 불러와서 사실 누군가와 음을 맞추고 함께 노래를 부른다는 것이 익숙하지않아 어색하게 느껴졌다. 하지만 곧 부원들끼리 서로의 장단점을 알려주고 음악의 매력을 공유하는 것이 무척 멋진 일로 다가왔다. 혼자서만 꿈꿔왔던 나만의 목표가 여러 사람의 힘이 더해져 든든한 지원군을 얻은 것처럼 뿌듯했다.

나는 동아리에 입부하고 나서부터 학과 생활보다 동아리 생활에 좀 더 집중하게 됐다. 이제 단순히 그냥 노래를 부르기보다는 기타, 베이스, 피아노 등 악기에 맞춰 다양한 음과 함께 조화를 이뤄 노래하는 것에 재미를 느끼게 됐다. 악기들의 선율에 따라 같은 노래라도 전혀 다른 멜로디와 분위기를 자아냈다. 나 역시 합주할 때의 목소리와 단일 악기와 호흡을 맞출 때 목소리가 달라지는 것을 경험했다. 이제껏 좋은 노래, 좋은 목소리를 내는 것에 매달렸다면 이때 음악이 가진 풍부한 감성을 어떻게 표현하는지에 대해 좀 더 고민하고 함께 만드는 음악의 즐거움을 깨우치기 시작했던 것 같다.

꿈에 그리던
가요제

<u>음악이 주는 기쁨을 만끽하고 있을 때,</u> 기회가 불현듯이 찾아왔다.

그날 나는 동아리방에서 막 배우기 시작한 기타를 퉁기며 노래를 연습하고 있었다. 작은 노크소리가 두어 번 들리고 난 뒤 문이 벌컥 열렸다. 그리고 약간 작은 체구에 서글서글한 남자와 날렵한 눈매의 키가 큰 남자가 들어왔다. 이 둘이 바로 나의 운명을 송두리째 바꿔 놓은 '바다새'의 멤버이다.

바다새에서 높은 음 파트를 맡았던 이용찬 오빠는 동아대를 다니고 있었고 아담한 키에 서글서글한 눈을 가진 김명호 오빠는 동의대를 다니며 작곡활동을 했다. 둘은 "가요제에 나갈라꼬 곡을 만들었는데 이 노래에 맞는 여자 보컬을 찾고 있습니더"라며 내게 목소리를 들려달라고 청했다.

순간 심장이 쿵쾅쿵쾅 뛰었다. 가요제라는 말에 온 신경이 곤두서는 듯 했다. 오랫동안 기다려온 나의 바람에 하늘이 답변을 준 것만 같았다. 떨리는 마음을 다 잡고 천천히 음을 이어 나갔다.

"어두운 바닷가 홀로 나는 새야~ 갈 곳을 잃었나 하얀 바다새야~"

가요제에 나간 것처럼 온 마음을 다해 노래를 불렀던 기억이다. 내 간절한 소망이 닿았을까. 그 둘은 나에게 이제껏 찾아다니던 목소리라며 함께 가요제에 나가자고 제의했다. 다시 생각해볼 것도 없었다. 곡도 너무나 맘에 들었다. 아련한 그리움이 전해지는 가사와 가슴을 일렁이게 만드는 멜로디 때문에 나는 좀처럼 흥분을 가라앉히기가 힘들었다.

가요제를 목표로 우리 멤버는 긴급 훈련에 들어갔다. 가요제에 나가게 됐다는 소식을 들은 주위 사람들은 너도나도 힘내라는 응원의 메시지를 보내왔다. 가장 기뻐하셨던 분은 다름 아닌 엄마다.

"혜정아, 진짜로 니가 가요제에 나가나! 우리 딸 장하대이~ 힘내래이~"하고 들떠서 내게 말씀하시던 엄마의 모습이 아직도 눈에 선하다.

갑작스럽게 찾아온 기회는 내 가슴을 더욱 방망이질 했다. 노래 연습을 하면 할수록 가수의 꿈에 대한 열정은 커져만 갔다. 예선 날짜가 가까워지자 이전에 없던 도전을 하고 있는 내 모습이 오히려 꿈처럼 느껴졌다. 그리고 또렷이 오직 한 가지 생각은 가요제에서 꼭 우승하고 말겠다는 다짐이 나를 지배하고 있었다.

"이 부분은 추임새로 새야~ 새야~ 두 번 넣는 게 어떻겠노?"

"새야~ 하고 한 번만 들어가는 게 더 자연스러울 것 같은데."

예선 날짜를 코앞에 두고 우리 멤버들은 노래와 동작 구성에 한창이었다. 때는 1986년 초여름, 내리쬐는 햇빛의 열기도 우리만큼이나 달아올랐다.

노래연습은 주로 명호 오빠의 학교 동아리방에서 했는데 나무로 지어진 벽에 잘 붙여진 방음판, 그리고 커다란 그랜드 피아노가 멋스러운 곳이었다. 우리는 그곳에서 거의 합숙을 하다시피 매일 연습에 집중했다.

나도 어렸을 때부터 가수의 꿈을 키워왔지만 두 오빠 역시 음악에 대한 열의가 대단했다. 명호 오빠는 고등학교 때부터 피아노를 치며 작곡을 시작했는데 그 역시 작곡 레슨이나 전문적으로 교육 받을 상황이 되지 않아 독학으로 작곡 공부를 했다. 그리고 우리가 노래를 부를 때 언제나 명확한 음을 찾을 수 있도록 주의를 기울였다. 처음 연습을 같이 할 당시, 명호 오빠의 엄격한 지도에 주눅이 들기도 했었다.

명호 오빠가 완벽주의자였다면 용찬 오빠는 항상 다정다감한 미소로 팀 분위기를 부드럽게 만들었다. 바다새 노래는 우리 세 명의 화음이 돋보이는 곡인데 한 번씩 내가 실수를 할 때가 있었다. 당연한 쓴소리였음에도 한 번씩 나는 내 잘못을 꼬집는 명호 오빠의 말에 눈물이 쑥 났던 적도 많았다. 그때마다 용찬 오빠는 "혜정아, 니가 이해해라. 원래 명호가 좀 칼 같다이가"라며 쓰라린 마음을 감싸줬다.

그 시절 우리 세 명은 배가 고픈 줄도 날이 더운 줄도 모른 채 같은 목표를 갖고 청춘을 달렸다.

하루 종일 동아리방에서 서로 호흡을 맞춰나갔지만 나는 스스로 내 목소리가 부족하다고 느껴졌다. 명호 오빠와 용찬 오빠 모두 나보다 일찍 음악을 해온 터라 경력도 많아 더욱더 그렇게 느껴졌다. 하지만 같이 가요제를 준비하고 있는 오빠들과 개인적인 소망인 노래 부르는 꿈을 위해 내가 가진 모든 것을 다하고 싶었다.

아침부터 저녁 늦게까지 함께 연습했기 때문에 혼자 연습할 시간이 부족했다. 그렇다고 어둑어둑한 밤에 집에서 노래연습을 하기란 여간 민폐가 아니었다.

골똘히 생각하던 중 엄마와 곧잘 올라갔던 집 근처의 산이 떠올랐

갑작스럽게 찾아온 기회는

내 가슴을 더욱 방망이질 했다.

노래 연습을 하면 할수록

가수의 꿈에 대한 열정은 커져만 갔다.

예선 날짜가 가까워지자 이전에 없던

도전을 하고 있는 내 모습이

오히려 꿈처럼 느껴졌다.

그리고 또렷이 오직 한 가지 생각,

가요제에서 꼭 우승하고 말겠다는

다짐이 나를 지배하고 있었다.

다. 그 날부터 나는 아침 5시에 일어나 산에 올랐다. 산 중턱에 오를 때 즈음엔 동쪽에서 해가 밝아왔다. 날이 환해질수록 목소리가 더 잘 나오는 것 같아 신이 났다.

"갈 곳을 잃었나 하얀 바다새야~"

산 공기는 상쾌하게 코에 스쳤다. 숨을 잔뜩 들이 마신 나는 "안녕하세요! 바다새 김혜정입니다"를 연신 외쳤다. 목청껏 노래를 부르며 아래를 굽어보니 작은 집들이 다닥다닥 붙어 내 노래를 귀 기울여 듣는 것만 같았다. 아침 해가 오롯이 다 드러나고 사람들도 잠자리에서 일어날 즈음이면 내 노랫소리로 세상을 깨운 것처럼 가슴이 벅찼다.

뿌듯한 마음을 안고 집으로 돌아가면 다시 나갈 채비를 하고 아침밥을 먹었다. 엄마는 새벽같이 나가서 매일 밤이 되어서야 돌아오는 큰 딸이 못내 걱정되셨던 것 같다. 아침밥을 먹고 있는 나를 엄마는 측은한 눈으로 "아이고, 힘들지 않나~ 몸 상하겠다. 마이 묵고 나가라"고 말씀하시며 밥을 더 얹어 주시곤 했다.

정말 예선 날짜가 바로 앞으로 닥쳤다. 마음은 불길 같이 치솟았지만 오히려 정신은 어느 때보다 또렷해졌다. 바다새 멤버, 우리 세 명은 예선 참가를 위해 서울행 기차에 올랐다. 쉼 없이 달리는 기차 안에서 창밖으로 재빠르게 스쳐지나가는 풍경을 보니 내 어린 시절이 눈앞에 그려졌다. 어서 빨리 노래하고 싶다는 내 열망이 시간의 모이를 먹고 더욱 커져만 갔다.

난생 처음 방문한 서울은 복잡함, 바로 그 자체였다. 서울역에서 내린 우리 멤버들은 정동극장까지 가기 위해 고군분투해야 했다. 지하철 노선표는 지렁이 마냥 가느다란 줄이 배배 꼬여있어 역 이름을 찾는데만 한참이 걸렸다. 역 이름을 찾고 나서도 타는 곳까지 가는데 애를 먹다가 키가 작았던 나는 지나가는 인파에 코를 부딪히기 일쑤였다.

"오빠야, 쫌 만 천천히 가라~ 이라다 내 미아 되겠다~"

오빠들은 "빨리 온나, 혜정아"라며 손을 잡아 이끌었다.

예선 전날 도착한 우리는 정동극장 근처에 숙소를 잡아 하루를 묵고 다음날 아침 일찍 예선 장소로 향했다. 서울에서 맞이한 첫 아침은 회색빛으로 기억한다. 뿌옇게 먼지가 낀 것 같은 공기 속에서 사람들은 너도나도 분주하게 제 갈 길을 가고 있었다. 낯선 분위기에 압도된 것도 잠시 정동극장에 도착한 우리들은 예선을 치르기 위해 북적이는 사람들을 보고 다시금 활기를 찾았다.

이른 아침부터 모여든 경쟁자들은 목을 풀거나 동작을 연습하는 등 바쁜 모습이었다.

서울행 기차를 타기 위해 집을 나서는 나를 보며 "혜정아, 떨지 말고 잘하고 온나"라고 응원해준 엄마가 생각났다. 정말 많은 이들이 예선을 위해 모였지만 나는 그 중에서 최고로 잘하고 싶은 오기가 불끈 솟았다. 이때까지 연습한 시간들을 되새기니 눈에서 빛이 절로 나올 지경이었다. 전쟁터에 나가는 군인처럼 비장한 기분마저 감돌았고 여기까지 온 이상 정말 사단을 내고 부산으로 돌아가야겠다고 마음먹었다.

"예선 첫 날이라 글나 사람이 와 이리 많노, 다들 잘 할 수 있재! 떨지 말고 파이팅이다!" 명호 오빠와 용찬 오빠는 우리 차례가 다가오자 실력을 한껏 발휘할 수 있도록 사기를 북돋았다.

"256번, 바다새 나오세요."

우리 번호가 호명되자 심장이 밖으로 나올 것처럼 쿵쾅거렸다. 반주가 시작되면서 머릿속에 한 줄기 빛이 흘러 들어왔다. 그 빛을 따라 온 힘을 다해 노래를 불렀다. 사력(死力)을 다해 무언가를 한다는 기분을 그때 실감했다.

노래가 끝나자 맥이 풀려버렸다. 그렇게 고대해왔던 가요제 예선을 무사히 치렀는지 우리 모두 어안이 벙벙했다. 잘한 것 같기도 하고 부족한 것 같기도 해서 도저히 정신을 종잡을 길이 없었다. 어떻게 기차를 타고 다시 부산으로 내려왔는지 모를 정도로 말이다. 간신히 기차에 몸을 얹은 우리들은 대전을 지나서야 겨우 입을 열었다.

"오빠, 우리 잘한 것 맞아요?"

"그럼..."

대화는 길게 이어지지 않았다. 기차 창밖으로 비치는 풍경도 까만 어둠속에 묻혀버려 제대로 볼 수 없었다. 마치 내 미래 같았다. '어떻게 될까, 어떤 결과가 나올까' 하는 조바심만이 가슴속을 꽉 메운 가운데 기차는 미끄러지듯 부산에 도착했다.

멍한 눈빛을 하고 집에 들어서니 엄마가 이것저것 묻는 대신, "잘했다, 잘 나올 기다"라며 맥 빠진 큰 딸을 위로하셨다.

방안에 처박혀 있기를 며칠이 지나서야 비로소 눈이 떠졌다. 정신이 돌아오니 그동안 눈 여겨 보지 않았던 심상치 않은 집안 분위기를 감지할 수 있었다. 아버지는 내가 가요제를 준비할 동안 심신이 많이 약해져 있으셨고 엄마는 그런 아버지와 집안일을 챙기시느라 힘이 부치신 것 같아 보였다. 동생들 역시 집안 사정이 어렵다보니 하고 싶은 공부보다 밥벌이를 걱정하는 눈치였다. 문득 우리집에서 하고 싶은 것을 마음대로 하면서 사는 것은 나 밖에 없다는 사실이 느껴졌다. 가족 모두 현실의 어려움 때문에 하고 싶은 것을 참고 감내하면서 가정을 지키고 있는 것 같았다. 미안한 마음이 앞서면서 나 자신이 참 이기적인 존재라고 자책하지 않을 수 없었다. 가슴 한 가운데 돌덩이가 있는 것처럼 무거웠다.

부엌에서 설거지를 하시는 엄마의 뒷모습을 봤을 때였다. 엄마의 어깨에는 삶의 무게가 더해져 한 없이 처져 보였다. 엄마도 가족의 구성원이기 전에 여자인데, 엄마도 원하는 자신의 삶이 있으실 텐데 내가 모든 걸 망쳐 놓은 것 같았다. 슬며시 엄마 뒤로 가 "엄마, 미안하다... 많이 힘들재"라고 말했다. 딸의 걱정에 오히려 엄마는 성화를 내셨다. "야가 와 이라노, 힘들기는 하나도 안 힘들다..."

미안한 마음에 눈물이 핑 돌았다.

그 시절엔 전화로 예선 결과를 확인해야 했기 때문에 전화기 옆에 하루 종일 붙어 있었다. 하루에 삼십 번도 넘게 전화기를 돌렸던 것 같다. "바다새 예선 합격했습니꺼?"라고 물으면 "아직 결과가 나오지 않았습니다."라는 차가운 답변만 돌아왔다.

예선을 치르고 난 뒤 시간이 지나갈수록 우리 멤버들은 초조해졌다. 작업실에 모여서도 나는 손톱을 물어뜯으며 불안한 박자로 손가락을 탁자에 두들겨댔다. 그렇게 일주일이 지났을까. 마음 한 구석에서는 포기해야 할지도 모른다는 생각이 움트기 시작했다. 하지만 내 입 밖으로 그 말을 꺼내면 현실이 될까봐 무서워 어디다가 말도 못하고 끙끙 앓았다.

이제는 우리 모두 확인전화 거는 것이 몸에 배어 습관이 돼있었다. 그날도 명호 오빠가 무심하게 번호 누르는 것을 아무 생각 없이 보고 있었다. 멍하니 다른 잡생각에 빠져 있는데 갑자기 명호 오빠가 소리를 질렀다.

"예?! 참말입니까? 바다새 합격입니까?"

나는 사람의 마음이 가장 무섭다. 나의 가능성을 온전히 믿을 때 아무리 뛰어도 힘들고 지친 줄 몰랐다. 하지만 마음속에 후회, 불안, 자책이 똬리를 트니 걷잡을 수 없이 스스로가 나락으로 떨어지는 기분을 경험했다. 마음먹기에 따라 내 현실은 천국과 지옥을 거침없이 오갔던 것이다.

만약 그 때 우리 팀이 합격하지 못했다면 나는 어떤 미래를 살았을까. 정말 모든 것을 포기하고 나의 꿈 대신 현실에 맞춘 삶을 살고 있었을까. 아니면 또다시 현실을 박차고 일어나 달리기를 자처했을까.

합격했다는 말을 전해 들으니 가족들을 다시 마주 볼 명분이 생긴 것 같았다. 나를 짓누르던 자책감이 조금은 가신 것을 느꼈다. 예선 합격 소식을 가장 기뻐하신 분은 아버지셨다. 나는 못내 아버지가 나의 꿈을 못마땅해 하신다고 넘겨짚고 있었는데 아니었다. 아버지는 어느 때보다 상기된 얼굴로 내게 "그래, 혜정아, 나는 니가 해낼 줄 알았대이"하며 함박웃음을 지으셨다. 아버지에 대한 오해가 풀리면서 한편으론 고마움과 죄송한 마음이 교차했다.

첫 번째 예선을 무사히 통과하고 나니 자신감이 예전보다 더욱 부풀었다. 마음 앓이를 크게 한 뒤부터는 노래연습에 더 매진할 수 있었다. 우리 팀의 하모니가 더 굳게 돈독해지는 것 같았다.

1차 예선 이후 회를 거듭할수록 우리 팀은 거대한 회오리와 같은 치열한 경쟁 속으로 빠져들었다. 2차, 3차 예선까지 통과한 우리 팀은 거리낄 것이 없었다. 마지막 4차 예선을 앞두고 우리 팀은 특별훈련에 들어갔다. 끝도 없이 호흡하며 화음을 맞췄다. 과한 열정은 오히려 해를 입히는 것일까. 다음날 서울로 올라가 예선을 치러야 하는데 용찬 오빠의 목이 말을 듣지 않는 것이었다. 무리한 연습으로 높은 음 파트를 맡았던 용찬 오빠의 목상태가 급격히 나빠졌다. 결선이 코앞인데 용찬 오빠 목에서 쇳소리가 나다니, 팀원들은 모두 불안에 떨었다. 그런데 다음날 역에서 만난 우리는 깜짝 놀랐다. 용찬 오빠의 목소리가 원상태로 돌아온 것이었다. 명호 오빠와 나는 놀란 마음에 앞다투어 물었다. 용찬 오빠의 대답이 걸작이다. "집에 갔더니 엄마가 꿀을 숟가락에 퍼서 주신다이가. 꿀을 큰 밥숟갈로 다섯 번 퍼 묵으니 목소리가 돌아오드라." 용찬오빠의 목소리가 제대로 돌아온 고마움과 나도 그 날 이후부터는 나도 목이 잠길 때마다 꿀을 찾는다.

한바탕 소동이 있은 후에 우리 팀은 무사히 서울에서 마지막 예선을 치렀다. 정동극장에 도착해 쭉 둘러보니 확실히 처음과 달리 분위기는 더욱 치열했고 살얼음판을 걷는 것처럼 아슬아슬했다.

정말로 원했던 마지막 예선이었지만 막상 해낼 수 있을 것이라고는 예상하지 못했다. 여기까지 버텨온 우리 팀이 너무나 자랑스러웠다. 첫 예선 대회에 섰을 때는 꼭 이기고 밀겠다는 마음이 컸다면 마지막 예선을 임하는 내 가슴속에는 함께 노력한 멤버들과 여기까지 올 수 있게 나를 도와준 가족과 많은이들의 얼굴이 무대조명에 어른거렸다.

나 혼자 이 자리에 올 수 있었을까.
아마도 그러지 못했을 것이다.
가요제에 출전하기까지
나를 도와준 이들의
얼굴이 무대조명에 어른거렸다.

이제까지 음악은 나에게
없어서는 안 될 중요한 존재였다.
나의 생각, 영혼을 표현할 수 있는 나만의 세상.
하지만 많은 이들과 함께 만든 그 날의 무대는
내가 노래하는 이유를 다시금 되새기게 했다.
나 홀로 또 같이 현실을 꿈으로 이끄는
음악의 매력을 재발견하는 순간이었다.
나는 그 꿈을 향해 거침없이
다음 발걸음을 내딛을 수 있었다.

이제까지 음악은 나에게 없어서는 안 될 중요한 존재였다. 나의 생각, 영혼을 표현할 수 있는 나만의 세상. 하지만 많은 이들과 함께 만든 그 날의 무대는 내가 노래하는 이유를 다시금 되새기게 했다. 나 홀로 또 같이 현실을 꿈으로 이끄는 음악의 매력을 재발견하는 순간이었다.

무사히 마지막 예선을 마치고 돌아온 부산에서 우리 팀은 제법 평온한 모습을 보였다. 어렴풋이 결선에 진출할 것을 예감이라도 했던 걸까. 꿈이 정말 현실이 되는 것을 난 그날 겪었다. 강변가요제 결선 진출, 바다새! 합격소식을 전해준 전화 통화가 그렇게 고마울 수가 없었다. 때는 초여름을 지나 여름의 절정으로 치닫고 있었다. 우리 팀은 강변가요제 결선을 위해 남이섬 합숙에 참가했다.

바다새,
강변을 날다

아침 일찍부터 부산을 떨었다. 부산 노포동 버스터미널에서 만난 우리 팀은 새로운 도전을 향한 기대에 전날 밤 잠을 설친 기색이 역력했다. 두 오빠 모두 눈밑이 퀭했지만 입가에 미소는 떠나질 않았다. 우리가 오른 춘천행 버스에는 관광객이 가득했다. 춘천 남이섬에 노래 부르러 가는 사람은 우리밖에 없는 듯 했다. 순간 버스 안에서 소리를 치고 싶었다.

"우리가 강변가요제 결선에 나갑니데이! 바다새라고 하고요, 많이 응원해 주이소!" 그리고 우리들의 노래를 버스 안 승객들에게 들려주고 싶었다. 소리치려는 욕구가 목구멍까지 올라온 것을 간신히 참았다. 그 버스에 탄 어느 누구도 몰랐을 것이다. 우리가 강변가요제에서 상을 탈 것이라고 말이다.

버스는 부산에서 출발한지 4시간 만에 춘천에 도착했다. 춘천에서 또 다시 남이섬까지 버스를 타고 들어가야 했는데 산이 많은 곳이라 그런지 풋내음이 나는 듯 했다. 6시간 정도 걸려 도착한 남이섬은 아기자기하면서도 쭉쭉뻗은 나무가 인상적이었다. 특히 탁 트인 시원한 강가의 풍경이 아름다웠다. 우리 팀이 묵을 숙소도 강가 근처에 민박이었는데 물소리와 새소리가 함께 들려 운치가 있었다.

경치 구경을 하는 동안 남이섬에는 결선에 진출하는 참가자들이 속속도착했다. 모두 내 경쟁자라고 생각하니 눈을 크게 뜨고 자세히 살펴보게 되었다. "쟈는 내보다 예쁜데, 쟈는 목소리가 곱네." 모두들 경계의 끈을 놓지 않으며 서로를 탐색했다. 강변가요제 결선 참가자는 우리를 포함해 총 10팀이었다. 이틀 동안 남이섬에 머무르면서 참가자들은 순서에 맞춰 리허설을 보였다.

　서로의 노래를 들으며 안면을 트자 참가자들끼리 인사도 하고 이야기도 나눴다. 그 중 서울에서 내려온 송상헌 오빠는 짧은 시간이었지만 나를 친동생처럼 살펴줘 고마움이 남는다. 통통한 볼에 귀여운 곱슬머리를 가진 미영 언니도 상대방에게 따스함을 전해주는 사람이었다.

　바다새의 리허설 차례가 돌아왔다. 관광지다보니 때마침 놀러온 이들도 많았다. 다시 가슴이 두근두근 떨려왔다. 눈을 질끈 감고 노래를 힘차게 시작했다. 후렴구를 부를 때 우리 팀은 깜짝 놀라고 말았다. 무대를 둘러싼 관광객늘이 우리들의 노래를 듣고 우레와 같은 박수를 보내고 있었다. 예상치 못한 반응에 자신감이 솟았다. "노래가 너무 좋네요, 이 팀이 1등 할 것 같아요"란 말이 여기저기서 들려 마음이 붕붕 떠다니는 것 같았다.

결선의 아침이 밝았다. 대회를 앞두고 무대와 설비를 꼼꼼히 체크하는 관계자들, 강변가요제 결선을 보기 위해 먼 곳에서 달려온 관객들, 긴장한 참가자들로 남이섬은 북적북적 축제 분위기가 물씬 났다.

막상 대회날이 되자 나는 덜컥 겁이 났다. 노래를 부르다가 갑자기 실수라도 해서 모든 걸 망쳐 버릴까봐 마음에 그늘이 졌다. "오빠, 내가 가사 틀리면 어떡하노. 막 떨린다, 우짜노"하며 울상 짓는 날 보고 오빠들은 "혜정아, 걱정마라 니 절대 안 틀린다~ 내가 장담한다 안카나"라며 듬직하게 날 안심시켰다.

집에서 나를 볼 부모님과 동생들 생각이 들었다. 무뚝뚝한 아버지도 항상 내 걱정만 하시던 엄마도 한창 사춘기를 지내고 있는 동생들도 모두 나를 보고 있다는 생각에 냉수를 마신 것처럼 정신이 퍼뜩 깼다.

드디어 결선의 무대에 올랐다. 쏟아지는 스포트라이트 세례를 받으며 내 머릿속은 오직 하나로 가득했다. '가사를 꼭 기억하자!' 노래 중간에 가사를 틀리지 않도록 나의 온 신경은 곤두섰다.

"어두운 바닷가 홀로 나는 새야~"

"갈 곳을 잃었나 하얀 바다새야~"

너무 집중한 탓에 눈앞이 흐릿해질 지경이었다. 노래를 부르는 2분 50초 동안 잔뜩 긴장 한 탓에 관중의 호응이나 심사위원 표정은 신경 쓸 겨를이 전혀 없었다. 마지막 화음이 거의 다 끝나갈 무렵 나는 혼수상태에 빠질 것처럼 숨이 가빠왔다. 힘겹게 노래를 마치고 나자 폭발하는 듯한 관객들의 환호성이 귀를 뚫었다.

가요제 수상자를 발표할 때 내 가슴에는 온갖 마음이 오고갔다. '우리가 대상 받을 수 있을까' 하는 실낱같은 희망이 마음을 어지럽게 휘젓고 있었다. 당시 MBC 강변가요제는 유명 가수들을 발굴해 큰 인기를 모았었다. 여기서 상을 받으면 가수의 꿈에 크게 한 발 더 다가갈 수 있을 것이라 굳게 믿었다.

"대상, 유미리! 젊음의 노트~"

"동상! 참가번호 2번, 바다새의 바다새!"

나도 모르게 대상이 아니라는 사실에 가슴이 무너지는 것 같았다. 너무 기대했던 건지 사회를 봤던 이문세 선배님의 수상 발표가 정말 야속하게 들렸다. 방금 전까지 내 손에 쥐어져 있던 대상 트로피를 눈 깜짝하는 사이에 빼앗긴 기분이었다. 몇 개월을 함께 동고동락하며 노력했던 오빠들 앞에서도 서러운 마음을 감출 수가 없었다.

"그렇게 고생했는데... 와 대상이 아이고..."하며 눈물을 터트리던 내 모습이, 기대에 가득 차 현실을 받아들이지 않으려 했던 스무 살의 내가 아직도 가슴 속에 남아 있음을 느낀다.

안녕하세요,
바다새입니다

<u>가요제 참가 전</u>, 그리고 후로 나의 인생은 180도 달라져 있었다. 노래연습을 하기 위해 홀로 이른 아침 산에 오르던 것에서 이제는 여기저기서 들어오는 음반 제의에 황홀한 고민에 빠졌다. 강변가요제 동상 수상 이후로 레코드사에서는 음반 제작 계약을 봇물 터지듯 쏟아져 냈지만 어떤 길을 가야할 지 나 스스로 갈팡질팡 헤맸다.

그러던 어느 날 말수가 유독 적으신 아버지께서 나를 방으로 부르셨다.

"혜정아, 니 우짤래. 가수 계속 할끼가? 아니면 복학해서 공부 할끼가?"

텔레비전으로 중계된 내 모습을 보신 부모님은 무척 기뻐하셨지만 한편으로 딸의 미래를 걱정하셨던 것 같다. 남들과 같이 평범한 인생에서 소소한 행복을 누리며 안전하게 살아가는 것을 바라는 것이 부모님의 마음 아니겠는가. 하지만 나는 아버지의 물음에 비로소 나의 미래를 확정지을 수 있었다.

"아버지, 저 서울 올라가서 가수 생활 하고 싶습니다. 허락해 주세예."

나는 한 번도 아버지 앞에서 내 주장을 정확히 말해본 적이 없었다. 그랬던 내가 어디서 용기가 났는지 또박또박 내 결심을 이야기한 것이다. 막상 큰 딸의 다짐을 들으신 부모님은 혹시나 했던 희망이 사라진 것 같은 기색을 보이셨다. 엄마는 "그래, 니가 그렇게 해보고 싶었던 건데... 열심히 해보그래이."하고 애써 내 기운을 북돋아 주셨다.

속으로만 웅크리고 있던 내 다짐을 입밖으로 표출하고 나니 새로운 삶을 사는 것처럼 설레고 기뻤다. 집에서 어렵게 허락을 얻은 만큼 보다 열심히 임해야겠다는 결의가 앞섰다. 너무 멀게만 보여 이룰 수 없을 것 같았던 나의 꿈은 그렇게 조금씩 나의 오늘이 되어 눈앞에 펼쳐지고 있었다.

가요제에 함께 참가했던 명호 오빠와 용찬 오빠에게도 나의 계획을 알렸다. 두 사람 역시 같은 마음이었다.

"오빠야, 정말 꿈만 같다. 진짜 우리 텔레비전에 나와서 노래 부르는 기가" 나뿐만 아니라 두 오빠들도 오랫동안 가수의 꿈을 품어온지라 격앙된 눈빛만 보고도 어떤 마음인지 알 수 있었다.

가요제 이후 진정한 팀으로 다시 뭉친 우리들은 서울로 향했다. 우리는 '아세아레코드'와 계약을 맺고 앨범 제작을 비롯한 본격적인 가수 활동을 시작했다. 아세아레코드는 당시 작곡집, 가요, 동요 등 다양한 장르의 앨범을 만들던 음반회사였다. 계약서를 작성하고 난 뒤 회사에서는 서울 성수동에 위치한 성수아파트에 우리의 거처를 마련해줬다.

성수아파트는 한강변과 가까워 밤이면 빌딩 사이로 반짝이는 불빛으로 수놓인 한강경치를 볼 수 있었다. 빡빡한 하루 일과를 마치고 아파트로 돌아오면 자동차 소리도 들리지 않는 정적 속에서 오랫동안 한강을 바라봤다. 주변이 산으로만 둘러싸여있던 부산 고향집과는 또 다른 멋이 있었다.

우리가 생활하는 아파트에 얼마 지나지 않아 '여운'이라는 팀이 들어왔다. 여운은 우리 팀과 공통점이 많았다. 그들도 강변가요제에 나가 '홀로된 사랑'으로 은상을 수상했고 여자 한 명, 남자 두 명으로 이뤄진 트리오였다.

여운 중에서 높은 음 부분을 맡고 있던 보컬 박순화는 성수아파트에서 지내는 동안 내게 큰 힘이 되어줬다. 남자들만 있는 아파트에서 같은 여성이라는 이유만으로도 위안이 됐다. 또한 집을 떠나 생활하고 있다는 점도 감정을 공유하기엔 충분했다. 순화에게는 팀원에게는 털어놓을 수 없었던 나만의 고충도 푸념하듯이 털어 놓을 수 있었다. 우리들은 일과가 끝난 저녁이나 일정이 한가할 때마다 대화를 나누며 서로를 위로했다. 짧게나마 나눈 우리들의 대화는 낯선 서울생활에 깨알같은 재미를 줬다.

내 인생에서 가족들과 떨어져 지낸 것이 이때가 처음이었다. 모든 것이 처음이다 보니 어려운 점도 있었지만 꿈꿔왔던 가수 생활을 하고 있다는 사실에 지친 줄도 모르고 가슴 벅찬 즐거움으로 생활을 했다.

아직까지 가장 큰 즐거움으로 남아있는 순간은 바로 텔레비전을 통해서만 보던 무대와 가수들을 내가 직접 가수로 데뷔해 실제로 마주했을 때였다.

우리 팀은 당시 대중적으로 인기를 모으고 있던 '가요톱텐', '젊음의행진'과 같은 음악프로그램에 출연했다. 그 시절 젊은 여성들의 사랑을 온 몸으로 받고 있던 가수 중 하나가 바로 '소방차'였는데, 나는 그 중 김태형의 팬이었다. 그런데 맙소사! 가요톱텐에서 무대에 나갈 준비를 하고있는데 바로 내 앞에 김태형이 서 있는게 아닌가! 엄청난 희열과 함께 내 심장박동 수는 끝도 없이 올라갔다. 소방차 김태형이 내 옆을 지나가기라도 할 때는 터질 것 같이 빨개진 얼굴을 들킬까봐 조마조마 했다.

가수활동을 하기 전 좋아했던 가수를 직접 보는 것 외에도 나는 방송국 자체에 홀딱 매료됐다. 바쁘게 움직이는 스텝들, 녹화 전 장비를 확인하는 진중한 분위기, 긴장감이 감도는 공기까지 내 심장을 두근두근하게 만들어버렸다.

방송국에서 숨 가쁘게 활동하던 그 시절은 달콤한 꿈속을 걸어 다니는 것과 같았고 꿈이라면 깨고싶지않을만큼 좋았다.

하지만 처음 방송생활을 하다 보니 필연적으로 부딪힐 수밖에 없는 문제들이 있었다. 그 중에 한 가지가 바로 '매니저 구하기'였다. 우리 팀의 방송출연과 행사스케줄을 전해주는 레코드사는 있었지만 하루가 다르게 늘어나는 일과를 정리해줄 매니저가 급히 필요했다.

선배, 레코드사, 동료를 통해 매니저 일을 담당하는 사람을 수소문했다. 처음에는 서울에서 김서방 찾기처럼 막막했다. 그러던 중 우리 팀의 활동소식을 듣고 매니저 역할을 자처한 사람이 나타나기도 했다. 그런데, "매니저 구한다고 해서요, 일단 200만원 저에게 주시면 다 알아서 하겠습니다"라고 엄포를 놓는 게 아닌가. 대뜸 돈부터 요구하는 것이 여간 수상한 것이 아니었다. 한 눈에 보기에도 딱 사기꾼처럼 능글맞아 보였다. 우리 팀은 이구동성으로 제의를 거절했다.

정신없이 일정을 소화하고 있던 차 레코드사에서 연락이 왔다. 드디어 매니저를 구했다는 말을 전해 듣자 '이번에는 정말 좋은 사람이었으면' 하고 마음속으로 바랐다.

회사 회의실로 들어서 매니저 후보로 온 그 분을 본 순간 웃음이 나면서도 묘한 기분에 사로잡혔다. 반질반질한 머리의 그는 콧수염이 참 인상적이었다. 인사를 하러 곁에 다가가 고개를 숙이는데 한 번 더 깜짝 놀라지 않을 수 없었다. 꽤 날이 쌀쌀한 초겨울이었는데 그는 흰색 고무신을, 거기다 양말도 없이 신고 있었다. 입술 사이를 비집고 나오는 웃음을 참느라 얼마나 애썼던지 눈 밑이 파르르 떨렸다. 파격적인 외향과 달리 그의 성격은 우직하고 진솔해 보였다. 만장일치로 그는 우리 매니저 업무를 맡게 됐다. 그의 이름은 '유승'

이다. 성실하게 일을 시원시원 처리했던 그는 그야말로 우리 팀 활동에 꼭 필요한 존재였다.

1986년 8월 가요제 수상에 이어 그해 가을, 바다새의 인기는 하늘을 찔렀다. 시내를 걸어갈 때도 상점에서도 바다새 노래가 끊임없이 흘러나왔다. 연말이 되자 우리 팀은 인기와 비례하는 살인적인 스케줄을 감당해야 했다. 지방에서도 행사 요청이 물밀 듯 쏟아졌다.

유승 매니저 오빠는 내비게이션도 없었던 때 귀신 같이 시골 깊은 곳에 위치한 공연 장소를 찾았더랬다. 하루는 서울에서 방송 녹화를 마치고 지방 공연을 위해 차를 타고 이동 중이었다. 아무리 시계를 봐도 공연 정시에 도착할 수 없을 것 같았다.

"오늘은 행사에 늦을 것 같네예, 어뜩하지예?"

"아닙니다~ 시작 전에 도착할 수 있어요."

"네?"

공연 장소는 대전에서 한참 더 들어가야 하는 만인산 근처 중부대학교. 공연 시작 시간이 오후 7시, 우리가 서울에서 출발한 시각은 5시 반이 조금 넘어서였다. 거기다 퇴근시간까지 겹쳐 서울 톨게이트를 빠져나가는데 걸리는 시간도 평소보다 오래 걸릴 것이 분명했다.

나는 그날 난생 처음 자동차도 불도저처럼 달릴 수 있단 걸 깨달았다. 공연 시간에 도착해야 한다는 일념 하나로 우리는 마치 한 몸이 된 것처럼 어두컴컴한 고속도로를 내달렸다. 엎친 데 덮친 격으로 공연 장소가 가까워질수록 도로는 울퉁불퉁 마치 산길을 방불케 했다.

우리 팀은 경운기를 탄 것 마냥 차 안에서 휘청휘청 중심을 잃었다. 미친 듯이 달리는 차 안에서의 1시간은 1년처럼 길게 느껴졌다.

정말 거짓말처럼 우리는 공연 시작 15분 전 무사히 도착했다. 안도의 숨을 몰아쉬며 올랐던 무대의 공기가 아직까지도 기억난다. 우리를 향해 힘껏 소리치는 관중들의 함성은 마치 무사히 살아와줘 고맙다는 인사처럼 들렸다.

고된 일정이었음에도 불구하고 유승 매니저 오빠의 도움으로 우리는 힘든 줄도 모르고 바다새 활동에 더욱 집중할 수 있었다. 어려움과 기쁨을 함께 나눴던 유승 매니저 오빠가 정말로 고맙다. 지금이라도 오빠를 찾을 수 있다면 얼굴을 마주하고 감사의 말을 전하고 싶다.

나의 인생에 있어서 바다새 활동은 가수로써의 화려한 삶을 경험하게 해준 선물과도 같다. 어렸을 때부터 가수가 되길 간절히 원했던 김혜정이 정말로 많은 사람들 앞에서 노래를 부르다니. 내 삶 최고의 화양연화는 이때가 아니었을까.

나의 인생에 있어서 바다새 활동은

가수로써의 화려한 삶을

경험하게 해준 선물과도 같다.

어렸을 때부터 가수가 되길

간절히 원했던 김혜정이

정말로 많은 사람들 앞에 서 노래를 부르다니

내 삶 최고의 화양연화는 이때가 아니었을까.

선택의 기로

유승 매니저 오빠의 활약으로 바다새 활동은 날개 단 듯 가파르게 성장했다. 이 여세를 몰아 박차를 가하려는 시점이었다. 하지만 바다새는 변화의 기로에 서야만 했다. 갑작스럽게 용찬 오빠가 중국 유학을 결심해 팀을 떠나게 된 것이다. 아세아레코드와의 계약 기간은 한참이나 더 남은 상태였다. 순탄하기만 했던 가수 활동에 그늘이 질까봐 불안한 마음이 밀려왔다.

"안녕하세요, 김성기입니다."

긴장의 끈을 이어오던 날 레코드사에서 성기 오빠를 만났다. 다행히 용찬 오빠의 빈자리를 채워 줄 새 멤버가 들어왔다. 성기 오빠는 강변가요제에 다른 팀으로 출전했던 가수였는데 애잔하면서도 남자다운 힘이 느껴지는 목소리가 매력이었다. 그리고 자상한 인상 덕분에 여성팬들 인기몰이에도 단단히 한몫했다.

성기 오빠가 합류하면서 1집 앨범 작업도 어려움 없이 착수할 수 있었다. 바다새의 데뷔곡은 시원시원한 보컬과 강한 멜로디 때문에 사랑받았다면 1집 정규 앨범의 타이틀곡인 '사랑하고 있어요'는 서정적인 분위기와 호소력 짙은 성기 오빠의 음색이 두드러졌다. 때문에 '사랑하고 있어요'는 여고생, 여대생에게 가장 인기 있는 노래로 손꼽히기도 했다.

'바다새'와 '사랑하고 있어요', 이 두 곡은 전혀 다른 노래지만 우리가 가진 매력을 잘 표현해 줄뿐만 아니라 젊은 연령층의 청취자들의 마음을 자극하기 충분했다.

특히 대학교 축제에서 이 노래들을 부를 때면 젊은 청춘들이 바다새를 많이 사랑하고 있음을 실감했다. 뜨거운 가슴을 가져본 이들이 말하지 않아도 서로의 마음을 공유할 수 있듯이 말이다.

    그러나, 삶의 시련은 항상 불현듯 찾아온다.
    "오빠야, 군입대 영장 잘 미뤄 놓았재?"
    "그래, 서류 보내가지고 연기 해놨다~ 걱정마라."
    바다새 보컬로 단단히 자리 매김하고 있던 성기 오빠에게 날벼락 같은 소식이 찾아 들었다. 철석같이 믿고 있었던 군입대 연기가 무산 된 것이다. 입영통지날짜를 앞두고 바다새는 존폐 위기에 처했다.
    "미안하다... 어쩔 수 없었어..."
    믿었던 만큼, 그런 일이 있을 것이라고 상상하지 못한 만큼 현실을 받아들이기 힘들었다. 어떻게 하게 된 가수생활인데 억울한 마음마 저 들었다. 항상 함께라고 생각했던 한 팀이 이제 헤어져야 한다니, 세상에 혼자 서 있는 것만 같았다.
    팀 해체 위기는 일파만파로 퍼져 나갔고 소식을 들은 여러 레코드 사에서 나에게 솔로 데뷔를 제안했다. 솔깃했다. 사실 정말 하고 싶 었다. 한번만 눈 딱 감고 계약서에 내 이름 석 자를 써버리고 싶었다.
    "혜정씨, 이번 기회에 솔로 앨범 같이 내봅시다~ 충분히 성공할 수 있어!"
    "시원한 목소리는 혜정씨 따라올 사람이 있는가, 작업 한 번 해봅 시다!"
    여기저기서 들려오는 솔로 제안은 눈물이 날 만큼 달콤했다. 그냥 덥석 한 입 베어 물면 모든 게 편안해질 것 같았다.

"아닙니더, 저는 혼자 가수활동은 못하겠십니더."

갑작스럽게 팀 분위기가 와해되니 나까지 솔로로 나가겠다는 말이 차마 입 밖으로 떨어지지 않았다. 정말 아무 생각 하지 않고 그때 솔로 활동을 나섰다면 어땠을까. 시련을 극복하려고 노력하지않고 조용히 받아들인 나 스스로를 원망한 적도 많았다. 하지만 세월이 많이 지난 후에야 후회도 할 수 있는 것 같다. 그 당시 솔로 활동은 가능성이 없다고 생각했다.

성기 오빠가 군에 들어가고 난 후 예전 바다새의 활기찼던 분위기는 없었다. 서로 말할 수 없었던 피로가 깊이 쌓였던 탓일까. 영롱했던 빛을 잃은 바다새는 세월의 그림자로 발길을 돌렸다.

삶의 무력감이 나를 지배했다. 부산 고향집에 돌아와 부모님과 마주하니 서러운 마음에 눈물이 핑 돌았다.

"혜정아, 할 만큼 했다아이가~ 기운내야재" 엄마의 말이 새 이불처럼 포근하게 와 닿자 다시 내 삶을 살 수 있을 거란 희망이 보였다. 다니던 영문과에 복학해 공부를 시작했다. 학교에서 친구들을 사귀며 평범한 일상에 젖어들기 위해 애를 썼다.

사라진 꽃길

부산에서의 생활은 무서울 정도로 편안했다. 따뜻한 밥, 힘이 되는 가족, 정겨운 친구들 어느 것 하나 부족하지 않았다. 버스 창문으로 계절이 지나가는 것을 멍하니 바라보면서 바다새 김혜정은 그냥 부산 가시나 김혜정으로 바뀌고 있었다.

친구들과 식당에서 밥을 먹고 있었다.

"J~ 난 너를 못 잊어, J~ 난 너를 사랑해."

텔레비전에서 익숙한 노래가 내 마음을 노크했다. 똑똑, 다시 노래하고 싶어하는 바다새 김혜정의 울림을 애써 모른 척 했다.

비가 우수수 내리던 날 잘들지 않았던 라디오를 틀었다. 라디오에서 내가 불렀던 노래 '사랑하고 있어요'가 흘러나오는 것이 아닌가.

눈물이 점점 내 베갯잇을 적셔왔다. 노래는 한참 전에 끝이 났는데 내 속의 울림은 멈출 줄 모르고 쿵쿵 심장을 때렸다. 나는 다시 다짐했다. 내 힘으로 도전해보겠다고. 꼭 다시 무대에 오르겠다고.

퉁퉁 부은 눈을 간신히 떠 부모님 앞에 섰다.

"한 번만 더 해보겠심니더."

죄송스러운 마음에 목소리가 좀처럼 나올 줄을 몰랐다. 내 말을 들은 아버지는 한숨을 코로 내쉬셨다.

"제 힘으로 할 수 있습니더."

한바탕 욕을 퍼지게 먹을 것이라 생각하고 나는 긴장을 집어 먹었으나 부모님은 아무런 말도 하지 않으셨다. 기어이 불구덩 속으로 들어간다고 외치는 큰딸을 보며 부모님의 속은 오죽 상했을까. 마음속이 타 들어가다 못해 들어내는 것 마냥 허망했을 것이다.

내가 무리해서라도 밀어붙인 까닭은 그래도 믿는 구석이 있었기 때문이다. 아무리 공백 기간을 2년 가졌기로서니 예전 나의 능력을 기억하고, 아니 기다리고 있는 이가 단 한 명은 있을 것이라고 장담했다.

그길로 바로 서울을 향했다. 오랫동안 비워 둔 내 집을 다시 찾는 마음이었다. 대문은 당연히 열려 있을 것이고 걱정될 것이 없었다.

"혜정아, 니 가수 하고 싶다캤재~ 느그 이모부가 소속사 한다아니가, 손지창도 다 관리한다꼬 가더리."

부산에 있을 적 이모는 이모부의 전화번호와 주소가 적힌 종이를 내 손에 쥐어주며 찾아가보라고 일렀다. 종이에 쓰인 대로 찾아가니 정말 소속사에 이모부가 있었다. 사무실 안에는 탤런트 손지창, 세또래 등의 포스터가 붙어 있었다.

"그래, 가수한다캤재. 안 그래도 혜정이 니한테 딱 맞는 노래가 있는데 내일 모레 다시 와보래이."

모든 일이 일사천리로 해결되는 것 같았다. 역시 올라오길 잘했다는 생각이 들었다. 다다음날 서둘러 이모부 사무실을 찾았다. 정말 간만에 제대로 노래 부를 생각에 전날 밤도 설쳤다.

"어?"

하지만 정말 외마디 물음만 나왔다. 이모부의 사무실은 겨우 하루

만에 온데간데없이 사라졌던 것이다. 그때부터 나의 서울생활은 걷잡을 수없이 꼬여갔다. 우아하게 왈츠를 추다가 한 번 발을 잘못 디뎌 계속해서 어긋난 스텝을 밟아가는 것 같았다. 그렇다고 부산으로 내려갈 순 없었다. 어떻게 올라온 길인데, 다시 내려간다는 것은 또 현실로 도망치는 것과 다를 것이 없었다. 내 꿈을 인정해준 부모님의 심정을 알기에 꼭 다시 가수로 성공해 돌아오리라 악착같이 마음먹었다.

'장기전'

내 삶을 산전수전이라고 말하기에는 나의 노력이 발끝에도 미치지 못한다고 생각했다. 이화여자대학교 인근에 조그만 방을 하나 얻었고 그때부터 무대에 오르기 위한 사투가 시작됐다.

이대 앞 하숙집의 내방은 정말 코딱지만 했다. 내 키가 160cm로 크지도 않은데 한 몸을 눕히면 책상 의자가 무릎 옆에 붙었다. 요즘 말로 소위 고시텔과 같은 방이었다. 방에 있는 시간은 극히 적었고 아침, 점심, 저녁 시간대를 나눠 숨가쁘게 아르바이트를 다녔다.

아침에는 순두부집에서 일을 했다. 개업 시간에 맞춰 나가다보니 맘씨 좋은 주인아주머니께서 아침밥을 주시곤 했다. 점심에는 오락실 일을 봐줬다. 제일 고역이었던 게 10년 이상은 묵은 듯한 담배냄새였다. 저녁에는 악세서리집에서 각종 장신구를 팔았다.

일에 치여 생활하기를 몇 달째가 지나서 아세아레코드사를 찾았다. 그래도 예전 활동했던 때를 떠올리며 따스하게 맞아 줄 것이라 생각했다. 내 발은 아직까지 잘못된 스텝을 밟고 있었다.

"언제 적 이야기를 지금 하는 거야? 가요계 판 확 바뀐 거 몰라?"

그제서야 나는 이전의 내가 얼마나 허무한 일을 저질렀는지 깨달 았다. 2년 전 내가 쉽게 손에서 놓았던 것들은 언제든 다시 잡을 수 있을 것이라 착각했었다.

충격에서 벗어나는 시간은 오래 걸리지 않았다. 왜냐하면 정말 나 혼자라는 사실을 깨달았으니까. 무대에 나를 다시 올려줄 사람은 오 직 나 밖에 없다고, 나의 노력과 발버둥 밖에 길이 없단 것을 알았다.

강변가요제에 출전했을 때 알게 된 지인, 전 멤버, 활동할 때 알고 지내던 레코드사 사람 등 인맥을 총동원해서 쪼개고 쪼갠 시간을 맞 추어 도와줄 이를 수소문했다.

드디어 지인의 소개로 한 기획사를 알게 됐다. 그곳은 테이프 공장 과 회사를 함께 운영하고 있었다. 떨리는 마음으로 회의실에 앉아 있 으니 얼마 지나지 않아 사장으로 보이는 남자가 들어왔다.

"그래, 김혜정씨 노래가 다시 하고 싶다고?"

"혜정씨, 목소리 좋긴 한데 요즘 트로트가 대세인거 알죠?"

사장은 내게 공장에서 일하면서 노래를 연습하면 단독 앨범을 만 들어 주겠다고 말을 이었다. '정말일까? 그 간 얼마나 많은 사기꾼 을 거쳐 왔던가. 그래도 영 거짓말은 아닌 것 같은데' 내 머릿속에는 온갖 생각이 날뛰었다. 하지만 단독 앨범이라는 말에 마지막으로 믿 어보자고 눈을 질끈 감았다. 여전히 내 발은 헛돌고 있었던 것을 모 른 채.

"밤 깊은 마~포 종점! 갈 곳 없는 밤전차~"

공장에서 일하며 부르는 내 노랫소리는 테이프를 찍어내는 기계와 다를 바 없었다. 끝없이 돌아가는 컨테이너를 보며 내 인생도 같이 빨려 들어가 나올 줄 모르는 것 같았다. 어쩌다 이 지경이 된 걸까. 탁한 공기에 내 정신도 흐릿해졌다. 차곡차곡 잘 쌓인 테이프 상자를 보자 울화가 치밀었다.

"사장님! 도대체 언제 제 앨범 만드는 겁니꺼, 예?"

"아니 노래도 아직 제대로 못하면서 무슨 앨범이야, 트로트 메들리면 또 모를까."

사람을 궁지에 몰면 본성이 나온다. 몇 마디 압박에 나는 사장의 본심을 쉽게 알 수 있었다. 테이프 상자를 있는 힘껏 발로 찼다. 상자는 무거워 꿈적도 안했다. 암만 발버둥 쳐도 계속 그 자리에 날 가로막아선 커다란 벽처럼.

부산으로 돌아가기 위해 정리한 내 짐은 작고 초라했다. 별 수고 없이 역까지 가져갈 수 있었는데 그게 더 가슴이 아팠다. 굳센 다짐을 안고 부딪친 현실은 견고하기 짝이 없었다.

66 공장에서 일하며 부르는 내 노랫소리는

테이프를 찍어내는 기계와 다를 바 없었다.

끝없이 돌아가는 컨테이너를 보며

내 인생도 같이 빨려 들어가

나올 줄 모르는 것 같았다.

어쩌다 이 지경이 된 걸까.

탁한 공기에 내 정신도 흐릿해졌다. 99

Part 2.
아주 특별한 여행

나의 반쪽,
마봉진

<u>가수의 꿈이 꺾인 채</u> 돌아온 고향집. 현관을 넘어 어두컴컴한 내 방으로 들어가던 그 심정은 참담하기 이를 데 없었다. 이제부터 나는 무엇을 해야 하나 막막한 생각이 덮쳐왔다. 서둘러 고민하고 살 길을 찾아야 하는데 며칠 간 방에서 옴짝달싹 하지 않았다.

가만히 누워 있어도 촘촘한 가시가 등허리를 콕콕 찌르는 것처럼 아파왔다. 멍하니 천장을 바라보다가도 눈물이 쭉 흘렀다. 꿈을 접고 부산으로 온 비참한 마음을 어쩔 수 없는 상황 때문이었다고 애써 마음을 위로했다.

얼마 동안 집에 있었을까. 아무 기술도 밑천도 없이 무작정 돈을 벌기 위해 밖으로 나갔다. 당시 정말 내가 할 수 있는 일은 없었다. 제대로 된 직장을 갑자기 구할 수 있을 거란 기대도 없었지만 이제까지 하지않았던 일들을 하게됐다.

1992년 들어서 무기처럼 큼지막한 휴대폰이 한창 팔리기 시작했다. 휴대폰 회사에 들어가 주문이 들어오면 부전동이고 연산동이고 부르는 곳마다 휴대폰을 배달했다. 그때부터 영업에 재미가 들렸다.

처음 물건을 판매한다고 할 때 집에서는 반대했다. 그래도 명색이 가수였던 여자가 험한 일 한다고 부모님은 질색하셨다. 그래도 나는 사람들과 어울려 시간가는 줄 모르고 바쁘게 사는 것이 좋았다. 잡생각하지 않고 이리저리 뛰어다니면 어느 새 하루해가 훌쩍 넘어가 있었다.

휴대폰 영업일을 그만두고 나서는 학습지 파는 일을 시작했다. 국어, 수학, 영어 등 과목 강의가 비디오테이프에 녹화돼 있는 학습 자료였다. 중학교, 고등학교 앨범을 뒤져 학생들 집으로 일일이 전화를 걸었다.

"마침 제가 그 근처에 수업을 나가는데 짬을 내서 댁에 들러도 좋겠습니까?"

이렇게 물으면 10명 중 2명은 집으로 와달라고 승낙했다. 학생 집에 가서는 이게 얼마나 좋은 학습지인지 침을 튀기며 설명했다. 자녀 공부에 열성인 학부모들은 우수한 선생님이 직접 강의해주는 것처럼 비디오를 보면서 공부할 수 있다는 것에 감탄했다. 하지만 교재 값이 비싸서 보통 부모들은 심각한 표정을 지으며 고민을 했다. 그럼 나는 기다렸단 듯이 특별히 교재비를 나눠서 낼 수 있게 해주겠다며 생색을 냈다. 일주일에 세 번을 방문해 직접 지도하겠다는 감언이설도 잊지 않았다.

학습지를 많이 판 날엔 영업 동료들과 얼큰하게 소주를 마셨다. 포장마차, 돼지갈비집, 쭈꾸미집에 들러서 안주와 소주 댓 병을 비워내는 날이 많았다. 거울에 비친 내 모습에서 가수 김혜정은 찾아볼 수 없었다. 피둥피둥 오른 볼때기 살, 티셔츠가 말려 올라갈 것 같은 뱃살. 한번도 자신을 관리하지 않았던 적이 없었는데 가수란 꿈에 닿지 못한 것에 대한 원망이었을까 시간은 막막하게만 느껴졌다.

스스로 무너진 사람은 단번에 태가 난다고 했던가. 흐릿하게 초점을 잃은 눈빛, 느린 걸음걸이, 오른 살집. 내가 나를 제어해야 하는데 흐려진 판단력이 나를 한 손에 쥐고 마구 흔들어댔다.

예전에 없던 행동을 하는 일은 줄었지만 술은 참 많이 마셨다. 친구, 동료, 언니, 선배등 지인과 함께 술을 마시고 푸념을 늘어놓는 일이 잦았다.

한 친구와 경성대 근처에서 어김없이 술잔을 기울였다. 학교 다닐 때 같은 동아리로 곧 친했던 녀석은 나와 죽이 잘 맞았다. 그렇게 소주병이 여러병 쌓여있을 즈음 친구가 입을 열었다.

"혜정아, 니 마봉진이라고 알지? 지금 근처에 있는데 볼래?"

"마봉진? 아 우리 학교 다닐 때 밴드하던 애 맞재? 기억난다."

연락을 하고 조금 지나자 마봉진이 술집 문을 열고 들어왔다. 가죽자켓에 까만 바지를 입은 마봉진은 성큼성큼 우리 테이블 쪽으로 걸어왔다.

"인사해라, 둘이 알재?"

경성대 안에서 서로 음악활동을 하고 있었던 만큼 나는 마봉진을 만나기 전부터 알고 있었다. 그는 경성대 밴드 아카시아의 보컬로 학교에서 잘생겼고 노래 잘한다고 인기가 많았다.

"학교 축제 때 니가 노래하는 것 봤다."

"아 맞나, 나도 너 가요제 나올 때 봤는데."

마봉진은 이야기를 하면서 수줍게 많이 웃었는데 그 모습이 어찌나 마음에 들던지 가슴이 설렜다. 새하얀 피부에 목덜미까지 내려오는 검은 머리칼이 참 인상적이었다.

친구, 마봉진 그리고 나 셋이서 아침 해가 뜨는 줄도 모르고 함께 술잔을 기울였다. 집으로 돌아와 방에 앉아 곰곰이 지난 밤일을 떠올려 보려고 해도 술이 원수다. 가물가물 기억의 단편만 머릿속에 맴돌 뿐이었다. 내가 술김에 실수를 하지는 않았는지 불안했다. 전화를 걸기 전까지도 무슨 말을 해야 할지 몇 번을 고민하다가 다이얼을 돌렸다.

"뚜르르…뚜르르…"

신호음이 길어지면 길어질수록 전화를 끊어야하 말아야하나 안절부절 못했다.

"네, 여보세요."

"나 혜정인데…"

"아! 집에는 잘 들어갔나?"

"어, 근데 내가 어제 실수한 거는 없었나?"

"아이다, 실수는 무슨 실수~ 무슨 말을 그리 하노."

전화하길 정말 잘 했다 싶으면서 입가에 미소가 절로 지어졌다. 얼마 만에 느껴보는 사람의 정인지 따뜻하고 포근했다. 서울에서 힘겹게 홀로 생활했던 설움이 눈 녹듯 사그라졌다. 첫 만남 이후 나와 마봉진의 거리는 빠르게 좁혀졌다.

당시에는 보통 남녀가 만나면 찻집이나 빵집에서 주로 데이트 하던 시절이었다. 하지만 우리는 결혼 전 찻집에서 봤을 때가 딱 한 번밖에 없다. 나와 마봉진의 공통점은 음악을 사랑하는 것과 또 하나, 술을 무지 좋아하는 것. 우리가 즐겨 갔던 동네는 문현동으로 곱창을 맛있게 내는 집이 많기로 유명했던 곳이다.

매일매일 문현동에 위치한 곱창집을 돌아다니며 여기는 고기가 질기네, 어제 먹은 집의 양념이 더 맛있네 등등 맛 품평도 함께 곁들였다. 그 때의 문현동 곱창 골목은 주머니 가벼운 서민들이 즐겨가기 안성맞춤이었다. 지글지글 곱창이 익는 소리만 들어도 소주 한 병을 비울 수 있었다. 주인아주머니가 기분 좋은 날 내놓는 산처럼 높게 부푼 달걀찜도 별미였다. 맛있는 음식을 좋아하는 사람과 같이 먹는 것은 단연 큰 행복이다.

해가 지고 달그림자가 길게 늘어지면 우리 두 사람은 잠시 떨어지는 것도 가슴이 에이는 것 같이 아팠다. 서로의 집까지 데려다주기를 반복하다가 겨우겨우 떨어져 내 방에 들어오면 금세 또 보고 싶어 마봉진의 얼굴이 눈에 아른거렸다.

마봉진의 하루 첫 일과는 아침 일찍부터 우리 집 앞에 오는 것이었다. 매일 아침마다 초인종을 누르는 그 남자가 부모님도 싫지 않은 눈치셨다.

그러던 어느 날, 결혼하는 것이 좋지 않겠냐고 엄마께서 말씀하셨다. 그래서 마봉진은 우리 부모님께 첫 인사를 하러 왔다. 그렇지 않아도 무뚝뚝하고 무서운 내 아버지가 호통이라도 치시는 것은 아닌지 도리어 내가 긴장이 됐다.

"니… 우리 딸 좋아하나."

"네."

"그라문 됐다, 술이나 한 잔하자."

부모님의 결혼 승낙은 마봉진의 딱 한 마디 대답에 빨리 떨어졌다. 정말 허락이 난 것인지 어리둥절한 와중에 아버지와 마봉진이 술잔을 나누는 모습을 보니 그제야 정신이 들었다.

나는 결혼에 대해 구체적인 신념이 없었다. 주위에서는 결혼을 해야 안정이 되고 가정을 꾸려야 비로소 사람 구실을 제대로 하는 것이라 여겼다.

거기 반해 나는 스스로 자유롭고 당당하게 사는 것이 좋다고 생각했다. 하지만 나에게 닥친 현실이 심경의 변화를 불렀다. 기대고 의지하고 싶었다. 여자로서 사랑받고 싶었고 따뜻한 사람과 함께 가정을 만들면 그 속에서 행복을 찾을 수 있으리라 믿었다. 마봉진과 만난 지 3달이 채 지나지 않았을 때 우리는 결혼을 약속했다. 그 때 내 나이 27살로 청춘의 마지막 겨울을 지나고 있었다.

음악가들의
결혼행진곡

누군가와 결혼을 하고 새로운 가족이 된다는 것은 가슴 설레는 일임에 분명하다. 반면 나는 장녀로써의 책임도 함께 지녔다. 가족의 보탬이 되어야 한다는 것. 그 시절 기울던 가세를 다시 일으켜야 한다는 의무감. 내가 결혼을 함으로써 가세를 크게 일으키지는 못하더라도 집안에 어려움을 주어서는 안 된다고 생각했던 것이다.

하나의 일에도 여러 가지 단면이 있듯이 나의 결혼도 그러했다. 사랑하는 결혼이 기쁘면서도 한편으로는 나의 청춘에 아쉬운 마음이 들었다. 젊은 나이에 결혼하는 (예전에는 결혼도 아니라 '시집' 간다는 표현을 주로 사용해 안쓰러운 감마저 있었다) 꽃띠 처녀 맘이 다 똑같지 아니하랴. 나 역시 굳은 마음을 먹으며 결혼을 결심했다.

결혼을 준비하면서 가장 떨렸던 순간은 역시 어머님을 처음 뵈러 갔을 때다. 첫 만남 때 어머님께서는 형제분들과 집에서 만두를 빚고 계셨다.

"안녕하세요, 김혜정이라고 합니다."

"아이고 야야, 이리로 와서 만두 한 번 빚어 보거라."

결혼할 남자의 엄마를 처음 마주하는 어려운 자리에서 또박또박 입을 열어 말을 하는 것조차도 긴장돼서 쓰러질 지경인데 만두 빚기라니. 순간 현기증이 나서 하마터면 고꾸라질 뻔 했다.

어머님에게는 밑으로 여동생이 4명, 남동생 1명 그리고 위로 오빠가 1명 계신다. 내가 첫 인사 드리러 간 날에는 여동생 4분이 집에 놀러와 함께 만두를 빚고 계셨다.

게다가 어머님께서 빚은 만두를 보는 순간 헉 소리가 절로 났다.

만두 크기가 자그마치 내 양손바닥을 합쳐놓은 것 만큼 컸다. 한 번도 만두를 빚어 본 적이 없는데 저런 어마어마한 크기의 만두를 빚으라니 눈앞이 노래졌다.

결과는 불 보듯 뻔했다. 어머님께서는 넓지만 매끈하게 펼친 만두피에 속을 꽉꽉 채워 넣고도 보기 좋게 만두피를 여몄다. 반면 내 만두는 모양도 울퉁불퉁, 제대로 빚어지지 않아 뜨거운 물에 넣으면 속이 다 풀어져 터진 만두를 건져 낸다고 애를 먹었다.

어찌 보면 그날의 만두 빚기는 며느리에게 주어진 첫 번째 테스트가 아니었을까. 내가 만두를 좀 더 잘 빚었다면 어머님께 더 잘 보였을 텐데.

마봉진과 나는 둘다 성격이 털털하다보니 결혼식을 준비하는데 큰 다툼이 없었다. 친구들 이야기를 들어보면 남자가 너무 신경을 안 써서 서운해 하는 모습도 어렵지 않게 봤다. 마봉진은 달랐다. 내가 드레스를 고를 때도 나보다 더 세심하게 드레스를 봐줬다.

"자기야, 이게 더 예쁜 것 같은데?"

"둘 다 비슷한데."

"아니야~ 이 드레스는 여기가 촛대처럼 생겨서 이상해~"

"똑같은 거 같은데?"

혼수를 살 때도 마음이 잘 맞았다. 나와 손발이 척척 맞는 마봉진을 보며 신혼생활의 단꿈을 가슴에 품었다. 남부럽지 않은 멋진 결혼생활이 바로 내 눈앞에 펼쳐진 것처럼 들떴다.

나의 결혼식은 1993년 12월 11일 조방 앞 금호예식장에서 열렸다. 아침 일찍부터 미용실에 달려가 서둘러 신부화장과 머리를 매만 졌다. 결혼식에서 기억에 남는 일이 몇 가지 있는데 그 중 가장 충격 적인 것은 신부화장이었다.

마침 내 화장을 도와준 분은 미용실에 갓 새로 들어온 디자이너였 다. 잠이 와서 꾸벅꾸벅 머리를 조아리며 화장을 받았는데 마치고 거 울을 보니 경극에 나오는 배우 같이 진하게 화장이 되었다.

얼굴에는 새하얗게 분칠을 하고 눈두덩에는 진하고 빨간 아이섀도 를 덕지덕지 발라 놓았다. 거기다 입술에도 빨간 립스틱이 발려져 있 어 무대 분장처럼 강렬했다. 하지만 부끄러운 마음에 고쳐달라고 말 한마디 못하고 빨간 아이섀도를 손으로 연신 비볐다.

나의 신부 분장 외에도 결혼식 하객으로 등장한 로커들이 식장에 서 주목을 받았다. 머리를 치렁치렁하게 허리까지 기른 남자. 모히칸 스타일의 펑키한 머리에 까만색 정장을 빼입은 남자. 여기저기 찢어 진 청바지에 남방을 두른 이까지 모두 각양각색 자신들의 스타일을 뽐내며 등장했다. 나도 마봉진도 음악을 하는 사람이다 보니 우리의 결혼식은 독특한 사람들이 한데 모여 이색적인 풍경을 자아냈다.

결혼식이 끝나고 피로연을 했는데 지금의 결혼식 피로연과는 성격 과 질이 많이 달랐다. 그 당시 피로연에는 결혼식에 참가한 모든 하 객이 모이는 것이 아니라 신랑, 신부 그리고 그들의 친구들이 모여 진행됐다.

주로 당일 결혼식을 올린 신랑과 신부를 공식적으로 골탕 먹이는 날이었다. 신부의 윗 옷에 좁쌀 세 개를 넣고 신랑이 가슴 사이로 손

> 누군가와 결혼을 하고 새로운 가족이 된다는 것은
> 가슴 설레는 일임에 분명하다.
> 반면 나는 장녀로써의 책임도 함께 지녔다.
> 가족의 보탬이 되어야 한다는, 그 시절 기울던
> 가세를 다시 일으켜야 한다는 의무감.
> 내가 결혼을 함으로써 가세를 크게 일으키지 못하더라도
> 집안에 어려움을 주어서는 안 된다고 생각했던 것이다.
> 하나의 일에도 여러 가지 단면이 있듯이
> 나의 결혼도 그러했다.
> 결혼이 기쁘면서 한편으로
> 나의 청춘에 아쉬운 마음이 들었다.

을 넣어 좁쌀을 빼내는 놀이는 참으로 민망했다. 또 짓궂은 놀이로는 신랑의 가랑이에 바나나를 매달고 신부가 그 바나나 껍질을 입으로만 까는 것이다. 혹시라도 방향 조준이 잘못돼 신부의 입이 다른 곳을 향하게 되면 피로연장이 웃음바다로 변하는 것은 친구들의 가장 큰 재미였다.

이밖에도 달걀노른자를 입에서 입으로 5번 왕복 이동하기, 온갖 반찬국물이 섞인 축하주를 한 번에 마시기 등등 신랑과 신부를 곤욕스럽게 만드는 놀이는 종류별로 다양했다. 이런 놀이를 제일 처음 만든 이는 분명 시집, 장가 못간 노처녀 또는 노총각일 거라고 친구들과 험담을 한 적이 있다.

우리 부부도 친구들에게 제대로 당하고 나서야 비로소 신혼여행을 위해 발길을 돌릴 수 있었다. 사실 우리는 신혼여행을 계획할 때 가장 들뜨고 신이 났었다. 둘 다 난생처음 가보는 외국이었기 때문이다. 어디가 좋을지 친구에게 물어봐서 태국의 푸껫으로 결정했다.

그때는 부산에서 푸껫으로 가는 직행 비행기가 없어 서울로 올라가 인천공항을 이용해야만 했다. 우리는 피로연장에서 만신창이가 된 몸을 이끌고 겨우겨우 서울길에 올랐다. 서울에서 하룻밤을 묵은 뒤 말끔한 정신으로 공항을 향했다.

그날 공항은 많은 사람들로 북적거렸다. 커다란 비행기가 이착륙하는 모습을 보며 저렇게 무거운 쇳덩이가 사람을 싣고 하늘을 날아다니는 것이 신기할 따름이었다.

우리 부부는 기내에서도 서로 장난을 치며 아이처럼 들떴다. 비행기는 5시간 남짓 우리를 싣고 날아 태국 하늘에 도착했다.

태국 푸껫공항에 내렸을 때 첫인상은 축축한 습기와 내리쬐는 열기, 알아듣지 못하는 말은 좋은 기억으로 남아있지않다.

공항 밖으로 빠져 나오자 우리 부부의 이름이 적힌 종이를 들고 있는 말쑥한 태국 청년이 눈에 들어왔다. 우리 말고도 대여섯 명이 더 모여야 차를 타고 출발했다.

"혜정아~ 푸껫 수린해변 쪽으로 가야 쇼핑도 덜하고 푹 쉬다 올 수 있어"라고 말하던 여행사 친구의 조언이 생각났다. 우리 부부 말고 다른 팀들은 바통해변 쪽에서 내렸더랬다. 그 팀과는 나중에 공항 가기 전 한 번 더 마주할 기회가 있었는데 아니나 다를까 쇼핑에 옵션관광에 밤문화 관광까지 쉴 새 없이 다니며 돈을 펑펑 썼다고 했다.

우리 부부가 머문 수린해변은 깨끗한 바닷가에 정말 사람이 드문드문 있는 멋진 휴양지였다. 비취색으로 빛나는 바닷물 속에는 물고기 헤엄치는 모습이 훤히 들여다보일 정도로 맑았다.

해가 바다로 빠져 붉게 물드는 광경을 바라보고 있을 땐 경이로우면서도 신비로운 기분에 휩싸였다. 사방이 어두워질 때까지 멍하니 석양을 함께 바라봤다.

신혼부부가 신혼여행에서 무엇을 하겠는가? 꿈결처럼 황홀한 첫날밤? 우리 부부는 푸껫에 오기 전 미리 계획을 세웠더랬다.

"혜정아, 몇 개 챙겨 가는 게 좋겠노?"

"한…5개만 가져가면 안 되겠나."

"에이! 어떻게 5개만 가져가노! 그래도 명색이 신혼여행인데!"

"……"

우리 부부는 신혼여행 짐 가방에 팩에 든 소주를 차곡차곡 넣어갔다. 관광일정을 마치고 돌아온 호텔방에서 10개 남짓 들고 간 부산 시원소주를 맛난 태국 안주를 곁들여 마셨다. 사실 나는 신혼여행 중에도 제대로 먹질 못했다. 당시만 해도 마봉진은 살찐 여자를 싫어해 많이 먹는 모습을 보이면 여자의 매력이지 없어지진 않을까 노심초사 마음을 졸였다. 푸껫은 바닷가를 끼고 있어 해산물 요리가 참 많았는데 하나 같이 음식이 다 맛있었다. 칠리소스에 버무린 새우, 오징어와 조개를 센 불에 볶아낸 요리 등등 그 진미를 눈앞에 두고 나는 젓가락질에 속도를 붙이지 못했다.

맛있는 음식을 양껏 먹진 못했어도 우리 부부의 여행은 실로 아름다웠다. 푸껫의 해변은 사람 마음을 편안하게 만드는 묘한 매력이 있었다. 그렇게 3박 5일의 짧은 신혼여행이 지나갔다. 이번 여행에서는 우리 부부가 가장 오래 함께 있던 시간이었음에도 싸우지않고 즐겁게 여행을 마칠 수 있었다. 남편은 내게 듬직한, 믿고 기대고 싶은 사람이었고 앞으로의 결혼생활도 그때의 여행처럼 달콤한 길을 함께 걸어갈 것이라 기대했다.

새로쓰는 악보,
가족

<u>신혼여행을 즐겁게 보내고</u> 한국으로 돌아와 친정 부모님께 인사를 드리러 갔다. 곱게 한복을 차려입고 매일 뵙던 부모님을 마주하니 어색한 기분이 들었다.

  "오야, 재미나게 다녀왔나?"

  "네 장모님, 그 동안 무탈하셨지에."

  엄마는 큰 딸과 사위가 결혼하고 처음 집에 온다고 진수성찬을 차려 주셨다. 평소에 우리가 흔히 먹을 수 없었던 불고기, 나물, 조기 등이 올라왔다. 집에서 먹는 마지막 밥이라고 생각하셨던 걸까. 왠지 먹던 밥상이 아니라는 생각에 괜히 울적해졌다.

  "우리 딸 잘 부탁 한대이."

  "장인어른, 염려 마십시오."

  문현동 신혼집까지 큰 딸을 데려다 주신 부모님의 목소리는 잠겨 있었다. 그 날 나는 난생처음 아버지의 눈물을 봤다. 무뚝뚝하시고 엄하셨던 아버지께서 이제 큰 딸이 집을 떠난다고 생각하니 마음이 아프셨던 것 같다. 흐느껴 우시며 들썩이던 아버지의 어깨가 마음 한 구석에 남아있다.

  <u>집 떠난 자식이 행여나 잘못될까 걱정하는 부모님의 마음을 헤아려 이제 다른 집에서 나의 가정을 꾸리는 만큼 부모님의 기대에 저버리지 않도록 잘 살아야겠다는 다짐이 들었다.</u>

문현동에 위치한 신혼집은 원래 어머님과 남편이 함께 살던 아파트였다. 어머님께서는 새 식구가 넓은 공간을 써야 한다며 거실을 통째로 내어 주셨다. 우리 부부는 넓은 거실을 신혼방으로 정했다. 남편은 나와 달리 눈썰미와 손재주가 좋아 거실 한 귀퉁이에 보일러를 남편이 진시장에서 천을 손수 떼와 가려주는 커튼을 만들었다.

우리 부부가 직접 골라 꾸민 신혼방을 보니 정말 결혼한 것이 실감났다. 새롭게 출발하는 선 위에서 모든 일이 잘 될 것 같은 막연한 기대로 부풀었다. 신랑의 손을 꼭 잡고 잠이 들 때 그 기분이란. 사랑하는 사람과 하루를 시작하고 같이 잠드는 것은 느껴본 사람만 알 수 있는 행복이 아닐까. 내 인생에서 더 이상 슬픈 노래는 없을 것 같았다.

"아가야~ 아침 묵어야재~"

조금만 더 이불 속에 있고 싶은데 날 부르는 소리에 부스스 눈을 뜨니, '아뿔사!' 싶었다. 예전 같았으면 "조금만 더 잘께예~"하고 벌렁 다시 누웠겠지만 이제 나는 아내 아니던가. 벌떡 일어나 서둘러 머리를 정돈하고 어머님과 아침 식사를 준비했다.

남편은 어렸을 때부터 어머님과 단둘이 지냈다. 집에 가족이 둘 뿐이니 어머님은 남편을 애지중지 아끼셨다. 아침 식탁에는 갓 만든 반찬이며 새로 끓인 국이 항상 차려졌다. 형제가 많아 언제나 먹는 것이 귀했던 우리 집과 판이하게 분위기가 달랐다. 나의 가족들 같았으면 잘 차려진 아침 식사를 놓고 누가 많이 먹느냐 한바탕 다툼이 일어났을 거다. 반면 남편은 그 귀한 반찬을 먹는 둥 마는 둥 하다가 식탁에서 일어났다.

어머님은 아침 일찍 운영하시는 목욕탕에 나가셔야 했기 때문에 우리 부부의 기상시간은 꽤 이른 편이었다. 어머님께서 나가시면 곧이어 남편이 일터로 출근해 집에 나 홀로 있는 시간이 꽤 길었다. 그래도 신혼이라는 이름표를 달고 있었던 터라 남편이 집에 오길 설레는 마음으로 기다렸고 마칠 때 즈음 직장 근처로 나가 외식을 하는 경우도 더러 있었다.

지금 생각하면 당시의 나는 철부지였다. 어떻게 키워온 아들인데 갑자기 어느 닐 며느리라는 여자가 아들을 독점하니 어머님께서는 오죽 쓸쓸한 마음이 들지 않으셨을까. 하지만 나는 신혼이니 재미나게 보내고 싶다는 마음이 더 강했다.

사람은 미래에 대한 기대를 먹고 산다. 나 역시 결혼이라는 내 인생의 변화를 앞두고 새로운 세계에 들어서는 막연한 설렘에 부풀어 있었다. 나에게 있어 결혼은 내가 지나왔던 외로움, 슬픔, 좌절감을 깨끗이 씻어줄 단비와 같은 것이라 여겼다. 하지만 큰 기대는 언제나 큰 실망을 가져온다.

신혼집에 나 혼자 있는 시간이 많아지자 때때로 우울에 빠졌다. 명하니 시간을 보내는 것이 아깝기도 하고 내가 무얼 하고 있는 건가 자문도 했다. 주부의 생활이란 이런 것일까. 남편이 아침에 나가면 집안일을 도맡아 하고 어머님에게 살림을 배우며 남편이 집으로 돌아오면 기뻐하는 것이 결혼한 여자의 행복인가.

음악을 하면서 대중 앞에서 노래를 부르고 숨 가쁘게 지냈던 옛 시절이 새삼 그리웠다. 결혼이라는 것은 나 이외 가족을 위해 내 일부를 내어줘야 한다고 배웠다. 그것을 우리는 희생이라고 부르고 좋게 말하면 배려라고 할 수도 있다. 하지만 나는 내 생활이 없어 스스로 성취감을 맛볼 수 없는 마당에 집안 식구만을 위한 삶이 마냥 생소할 뿐이었다.

살림의 대가,
어머니

<u>남편은 매일 늦게 귀가했고</u>, 어머님께서는 집에 오셔선 살림에 완벽함을 추구하셨다. 함께 사는 이 집에서 가족이라는 울타리 안에 과연 나의 삶은 존재하지 않는 것인지 고민에 빠졌다. 이런 생각자체가 이기적인 것이라 여겼고 마음을 고쳐먹으려고 도리어 나 자신을 꾸짖기도 했다. 그래서 더 열심히 집안일에 매달렸다. 어머님께서 가르쳐주시는 것을 유심히 봤다가 나 혼자 다시 해보며 열성적으로 임했다. 어머님께서는 워낙에 꼼꼼하고 깨끗한 것을 좋아하셨고 집안일도 당신의 스타일대로 철두철미하셨다. 반면 나는 친정집에서도 제대로 집안일을 배우지 않았고 살림에 대해 모르는 것이 너무 많았다. 말 그대로 살림의 초짜였다.

하루는 집안 빨래를 하려는데 세탁기 돌리기 전 속옷은 끓는 물에 삶아서 한 번 더 빨아야 한다는 어머님의 말씀이 떠올랐다. 큰 솥에 물을 넣고 세제를 살짝 풀어 가스렌지에 불을 올렸다. '이제 끓었겠지' 싶어서 렌지에 갔더니, 이게 웬일인가. 물을 너무 많이 부어 냄비에서 넘친 물이 가스불을 꺼트린 것이다. 세제 넣은 물은 끓으면 부르르 넘친다는 것을 깜박했던 탓이다. 어머님 몰래 가스렌지에 흥건히 고인 물을 닦아 내느라 애를 먹었다.

물을 좀 버리고 다시 가스불을 켰다. 끓을 때 속옷가지들을 넣고 폭 삶았다. 속옷 삶는 냄새를 맡으니 기분까지 개운해지는 듯했다. 삶아낸 속옷을 물에 헹궈 다시 세탁기에 넣어 빨아내니 새것처럼 깨끗해 보였다. '아, 나도 이제 빨래는 자신 있다'고 속으로 뿌듯해 하는데 어머님께서 내가 널어놓은 속옷을 다시 삶으시는 게 아닌가.

"어머님, 속옷 제가 다 삶았는데예."

"아니다. 삶고 헹구고 다시 한 번 더 삶아야 누런게 다 진다."

어머님의 속옷 빠는 순서는 매우 엄격했다. 그야말로 모든 세균을 말끔히 죽일 것 같은 과정을 거쳐야 비로소 속옷 빨래가 끝나는 거였다. 시집오기 전 친정집에서 했던 빨래는 어머님의 방식에 비하면 애벌빨래에 불과한 수준이었다.

우리 친정집은 원체 식구가 많고 살림도 부족했던 터라 엄마의 살림 방식도 꽤 터프했다. 반찬을 하는 것만 봐도 알 수 있는데 친정집에서는 여러 가지 반찬을 해서 먹기보다 큰 솥에 하나의 음식을 해 상 가운데 놓고 다 같이 모여 후루룩 먹는 경우가 많았다.

어렸을 때 먹었던 음식 중 가장 기억에 남는 것은 김치국밥이다. 커다란 냄비에 김치, 밥, 라면을 넣어 부글부글 한 번에 끓여낸 이 음식은 우리집 별미였다. 김치국밥에 있는 라면을 한 줄기라도 더 먹으려고 우리 형제는 아우성이었다. 대체로 우리집 음식은 소박하고 또 투박했다.

어머님의 음식은 반대로 정갈하고 섬세했다. 아침상에도 두세 가지 나물반찬이 올라 왔다. 국도 매일 바뀌었고 오늘 반찬을 내일 먹는 일이 없었다.

이제 나도 새롭게 가족을 맞이했으니 실력을 발휘해야겠다고 큰마음을 먹었다. 책방에 가서 요리책을 사들고 집에서 한 장 한 장 유심히 살펴보며 어머님과 남편을 위한 요리를 만들었다.

아무래도 그때는 처음인 만큼 대단한 요리를 만들어 모두를 놀라게 하고 싶다는 생각이 컸다. 내가 선택한 요리는 버섯두부전과 고추튀김으로 모든 재료를 다지고 익히는데 집중력과 기술이 필요한 음식이었다.

버섯두부전은 그나마 수월했다. 두부와 버섯을 다져 물기를 쪽 뺀 다음 살짝 기름을 두른 팬에 지지면 됐다. 사단은 고추튀김에서 났다. 고추에 묻은 물기를 분명히 닦아 냈는데 고추 안에 다진 고기와 야채를 넣고 밀가루를 묻혀 기름에 넣는 그 순간 부엌은 아수라장이 됐다. 고추에 묻은 물이 기름에 닿자 폭발하듯 냄비에서 튀어 올랐던 것이다.

그날 저녁 버섯두부전과 폭발한 고추튀김을 접시에 담아 상에 올렸다. 어머님께 처음 받는 음식평가라고 생각하니 가슴이 막 떨렸다. 맛있냐고 여쭤보기도 어려워 그저 어머님께서 식사를 마치시기만 기다렸다. 버섯두부전과 고추튀김을 맛있게 드셨을까 궁금했다.

"아가야, 잘 먹었대이~"

"네, 어머님."

상으로 뛰어가 접시를 보니 버섯두부전과 고추튀김은 내가 담았던 고대로 한치 미동도 없이 누워 있는 게 아닌가. 서운한 마음도 들었지만 더 잘 만들어야겠다는 생각이 먼저 들었다.

추석이나 설날 같은 명절이 오면 어머님의 음식 솜씨는 더욱 빛을 발했다. 명절 전날 어머님께서는 차가운 새벽바람을 뚫고 자갈치 시장에 가셨다. 그리고 그날 들어온 싱싱한 생선과 갈치, 도미 등 값비싼 생선을 한 바가지 사서 집에 돌아오셨다. 양손에 커다란 봉지를 들고 들어오시는 어머님의 얼굴에는 뿌듯함과 즐거운 미소가 어우러져 있었다.

금방이라도 튀어오를 것 같은 싱싱한 생선을 어머님께서는 집에서 직접 손질하셨다. 수십 마리 생선의 비늘을 벗기고 내장을 떼어내는 과정은 말로야 쉽지 그야말로 중노동이라 불릴 만했다.

대야 한 가득 생선을 담아 손질을 시작하시는 어머님을 나는 조금 떨어진 곳에서 물끄러미 보고만 있었는데 어머님께서 나를 부르셨다.

"아가야, 이거 손질 해보그라."

"에... 네?"

생선을 제대로 만져본 적도 없었는데 깨끗하게 손질을 하라니. 대야 안의 생선처럼 눈이 동그랗게 떠졌다.

도마 위에 놓인 생선을 어찌 할 줄을 몰라 한참을 허둥댔다.

"아가야, 비늘 먼저 깨~끗하게 벗겨내야 된대이" 하고 어머님의 말씀이 떨어지자 날이 선 칼로 비늘을 긁어내기 시작했다. 싱싱한 생선일수록 비늘 벗겨내기가 여간 어려운 것이 아니다. 힘 조절을 잘해야 생선살이 상하지 않고 비늘을 벗길 수 있기 때문에 최대한 신경 쓰느라 온몸에 땀이 삐질 났다.

다음은 조심스럽게 배를 갈라 내장을 꺼내는데 참 징그러운 기분이 들었다. 누군가 생선을 구워주면 그걸 잘 먹기는 했어도 손질을 직접 하려니 어려운 일이 한 두 개가 아니었다.

　어머님께서는 이 모든 과정을 직접 당신 손으로 하셔야 안심하시고 만족하셨다. 시장 좌판에 널린 도마는 비위생적이라고 여기셨던 듯하다. 내장과 아가미를 잘라내 약한 소금물에 씻은 뒤 생선 지느러미를 가지런하게 잘라 정돈하고 나면 비로소 생선 손질이 끝난 것이다.

　어머님께선 손수 음식을 장만하시는 것에 열정적이셨지만 정작 당신은 많이 잡수시지 않았다. 당신보다도 가족들에게 맛난 음식을 푸짐하게 내어 주는 것에 더 보람을 느끼셨다. 명절날 형제와 친척이 집에 놀러오면 한 상 가득 음식을 내주시고 또 주전부리며 과일이며 끊임없이 먹을 것을 가져오셨다.

　남편과 나, 그리고 집에 놀러 오시는 친척분들은 "아이고 배가 불러 더는 못 먹겠다"라고 말할 때까지 어머님께서 만드신 맛난 음식을 먹었다.

　집안에 언제나 머리카락, 먼지 한 톨 없이 말끔하게 청소하시는 어머님과 달리 나는 한 번에 몰아서 청소를 해왔다. 살림 방식이 다를 뿐만 아니라 살림에 부족함이 많았던 나는 처음에는 어머님의 방식이 힘들었던 때가 많았다. 지금 와서 돌이켜보면 살림의 '살'자도 몰랐던 내가 살아가는 하나의 방법을 배울 수 있었던 소중한 시간이었다.

내 옆에
어여삐 다가온 너

<u>어렸을 때부터</u> 나는 비가 많이 오는 여름이 좋았다. 빗소리를 듣고 있으면 몸도 마음도 씻겨서 다시 깨끗해지는 것만 같았다. 내가 준영이를 가졌다는 걸 알게 된 때도 비오는 여름날이었다.

어머님도 목욕탕에 나가시고 남편도 녹음실에 갔을 때 혼자 마루에 앉아 가만히 비오는 소리를 듣고 있었다. '투둑 투둑' 멈추지 않고 내리는 빗방울. 외로움마저도 아련한 설렘으로 다가왔다. 문득 머릿속에 생리주기가 스쳐지나갔다.

그러고 보니 생리를 하지 않은 달이 여럿 지나 있었다. 내리는 비를 맞으며 곧장 약국으로 달려갔다.

"테스트기... 하나 있어요?"

"네?"

"임신 테스트기 하나 주세요!"

작은 상자에 든 그것은 나에게 중요한 의미를 지닌 물건인 것처럼 뚜껑을 열기 전부터 나를 떨리게 만들었다. 가슴이 콩닥콩닥 뛰었다. 아무렇게나 신발을 벗어 던지고 반신반의하는 마음으로 화장실에 갔다.

"설마... 설마..."

맙소사. 내 손에 들린 테스트기에는 두 줄이 선명하게 그어져 있었다. '내가 아기를 가졌다니...' 믿어지지 않았다. 결혼했으니 응당한 일이지만 내 배에 다른 생명이 있다니 무서우면서도 한편으론 감격스러웠다.

빨리 가족들에게 알리고 싶었다. 마봉진, 내 남편에게 어서 말해주고 싶었다. 얼마나 깜짝 놀랄까, 소식을 들은 남편의 표정이 궁금하고 보고 싶어 견딜 수 없었다. 휴대폰으로 남편에게 문자를 보냈다.

"오늘 일찍 들어와요?"

"음... 아직 모르겠는데..."

문자로 전하기 싫어 잠시 참기로 했다. 오후의 끝자락에 다다르자 비도 잦아들었다. 정적이 도는 어두운 방에 홀로 누워 있으니 나도 모르게 잠이 들었다. 쪽잠에서 눈을 뜨니 아직도 홀로였다.

어머님께서 집에 돌아오실 시간이 다 됐는데, 빨리 저녁 준비해야 하는데 생각하는 머리와 달리 몸은 잘 움직여지지 않았다. 어머님께서 형광등 불을 켰을 때 그제야 억지로 몸을 일으켰다.

"어머님 다녀오셨어요, 별 일 없으셨지예."

아기를 가졌다는 말이 쉽게 나오지 않았다. 어머님과 묵묵히 저녁 식사를 마치고 멍하니 함께 텔레비전을 보다보니 내가 임신했다는 감동이 조금 흐릿해졌다.

시계가 밤 11시를 가리키자 또다시 잠이 스르르 밀려왔다.

"아가, 건너가서 자거래이."

"어머님 티비 더 안보시구예."

"인제 자야제."

방으로 건너와 누우니 습한 기운에 이리저리 몸을 뒤척였다. 나에게도 남들처럼 기쁜 일이 생겼는데 조금은 허한 마음이 들었다. 새벽이 되어서 들어온 남편은 정신없이 곯아 떨어졌다. '내일 이야기 해야지', 애써 눈을 감았다.

다음날 아침, 저녁이 돼서도 나는 아기를 가졌다고 아무에게도 말하지 못했다. 하루, 이틀 시간이 지나서야 남편과 가족들에게 나의 임신 소식을 알렸다. 남편도 가족들도 기뻐했다. 좀 지나서 말했더라도 사실은 변하지 않으니까. 축하도 잠시, 홀로 있는 시간이 많아진 나의 처지도 변함없었다.

임신 초반에는 입덧도 없었고 지내기가 어렵지 않았다. 힘들지 않았지만 첫 임신은 살면서 여자들이 가지는 큰 로망이 아니던가. 결혼하기 전 내가 생각했던 임신 기간과 현실은 달라 조금 먹먹한 기분이 들기도 했다.

"엄마, 많이 바뿌재."

"오야 요새 공장이 정신없네, 니는 잘 묵고 잘 있나?"

친정엄마도 아버지와 매일 같이 철공소에 나가 일하고 계셔서 나에게 관심을 쏟기 어려웠다. 남편도 녹음실 일이 늦게 끝나 새벽이 다 돼서야 집에 들어오는 때가 허다했다. 다들 자기 살 길에 여념이 없었던 건데 그래도 섭섭한 기분을 감출 수가 없었다.

신혼집에 살면서 나는 어머님과 가장 오랫동안 시간을 보냈다. 어머님께서도 낮에는 목욕탕 일을 하시니 저녁에 집에 돌아오시면 밀린 집안일을 하느라 바쁘셨다.

그날도 남편의 일이 늦어져 홀로 잠을 청하려던 때였다. 방문 밖으로 어머님께서 나를 부르는 소리가 들렸다.

"아가야 자나~ 같이 이불 좀 꿰매자."

새벽 12시가 막 지나고 있었다. 졸린 눈을 비비며 내가 꿰맸던 이

불은 아마 어머님께서 실밥을 풀어 다시 꿰매셔야 했을 정도로 비뚤비뚤 엉성했다. 배가 점점 불러왔지만 어머님을 도와 집안일을 하지 않을 수 없었다. 첫 임신 때 공주대접을 받는다던 친구들의 농담이 더 서글프게 느껴졌다.

나에게 다가온 '아기'라는 변화는 나를 설레게도 하고 때로는 오지 않은 막연한 미래에 걱정을 주기도 했다. 그리고 가족의 의미를 깊이 있게 깨닫는 것 보다 그 시절의 나는 누군가와 함께 있고 싶었고 스스로 즐겁고 싶었다. 한 아이의 엄마로써 마음을 가다듬고 준비하는 노력이 부족했던 것 같다.

게다가 신혼이다 보니 남편과 함께 시간을 보내고 싶은 마음에 늦은 시각에 밖에 나가 남편 지인들과 어울리기도 했다. 그 때를 생각하면 나는 '엄마'의 길에 들어서는 것보다 나, 김혜정이 하고 싶은 것을 좀 더 우선시 했던 것 같다. 남편과 그의 지인인 뮤지션들과 함께 보내는 일상은 참으로 재밌었다. 내 음악적 욕구를 채워주는 것은 물론 혼자 무료하게 집에만 있을 때와 달리 우울함은 찾을 수 없었다.

집에 홀로 있을 때는 외로움에 젖어 제대로 태교를 하지 못했다. 혼자 있는 시간은 나를 더욱 작아지게 만드는 것 같았다. 덩그러니 방 안에 나 홀로 있으면 이따금씩 나의 인생, 존재의 의미 같은 무거운 생각들이 나를 눌렀다.

평소에는 바빠서 제대로 얼굴 마주치기조차 힘든 남편이었지만 늦은 밤에도 내가 갑자기 먹고 싶은 것이 떠올랐을 때는 먼 길 마다 않고 다녀와 내 앞에 가져다줬다.

준영이를 가졌을 때 가장 많이 먹은 음식은 고기었다. 그날도 혼자 집을 지키고 있었는데 불현듯이 삼겹살이 미치게 먹고 싶었다. 지글지글 맛있게 구운 삼겹살 생각에 한참 빠져 있으니 정말 삼겹살이 눈앞에 있는 것처럼 냄새도 맡을 수 있을 지경이었다. 얼른 옷을 챙겨 입고 집을 나섰다. 걷기를 10여분 지났을까 드디어 고깃집을 찾았다.

"이모! 여기 삼겹살 2인분요."

여자 혼자서 대낮에 고깃집에 앉아 삼겹살을 구워 먹는 풍경이라니. 이상한 눈초리를 받을 만도 했지만 간절한 삼겹살 생각에 체면 따위 거리끼지 않았다. 열이 오른 철판 위로 삼겹살을 올리자 치이익 돼지기름 튀는 소리와 함께 이내 구수한 냄새가 솔솔 났다. 정신없이 먹다보니 2인분으로 양이 모자라 고기를 더 주문해 허겁지겁 먹었다. 불판을 깨끗이 비우니 그제야 포만감이 들었다. 부른 배를 두드리며 식당 밖을 나오는데 묘한 설움이 밀려왔다.

차곡차곡 달수가 채워지자 내 배도 풍선 부풀 듯 커졌다. 다행히 초음파로 만나는 아기는 건강하게 잘 자라줘 마음이 뿌듯했다. 출산 예정일을 의사 선생님에게 전해 듣자 '이제 정말 아기가 나오는구나' 실감했다.

진통도 더욱 격렬해져갔다. 걸을 때 잠시 잠깐 왔던 진통이 예정일이 될수록 시도 때도 없이 찾아왔다. 갑자기 진통이 올 때는 흡사 엄청난 설사를 앞둔 아랫배처럼 아파서 저절로 '끄응' 하는 신음이 터져 나왔다.

"아가야, 오늘이 예정일 아이가?"

"네 어머님, 그런데 진통이 있다가 없다가 하네예."

잔뜩 긴장만 한 채 예정일이 훌쩍 지났다. 출산을 위한 고통은 예상치 못한 때 시작됐다. 어머님도 목욕탕에 가시고 남편도 일터에 나간 지라 집에는 나 혼자 뿐이었다. 점심 먹은 그릇을 설거지하려고 일어나려는 순간 참을 수 없는 진통이 덮쳐왔다.

정신이 혼미해지려는 가운데 간신히 옷을 챙겨 입고 병원으로 갔다. 보통 드라마를 보면 응급차에 실려 가거나 남편 차를 타고 와서 죽을 듯이 비명을 지르던데 지금 돌이켜 보니 혼자 병원으로 걸어들어간 내가 장하다는 생각이 든다.

병실에 누워 진통과 싸움하고 있으니 가족들이 연락을 받고 뛰어왔다. 꽤 오랫동안 진통이 이어졌다. 반나절을 아픔과 씨름했다. 서서히 골반이 벌어지는 것 같은 느낌과 함께 배에 격렬한 아픔이 전해졌다. 간호사들이 아기 머리를 확인하기 위해 손을 그곳으로 쑤욱 넣어 확인할 때는 너무 아파서 어쩔 줄을 몰랐다.

산모실에 나와 함께 대기하고 있던 여자들은 저마다 목 놓아 아픔을 호소했는데 나는 그러질 못했다. 진통이 더 심해질수록 엄마 생각이 났다. 우리 오남매를 낳으신 우리 엄마. 그 많은 형제를 어떻게 다 낳으셨을까. 엄마를 떠올리니 이 아픔은 내가 참아야만 하는 것으로

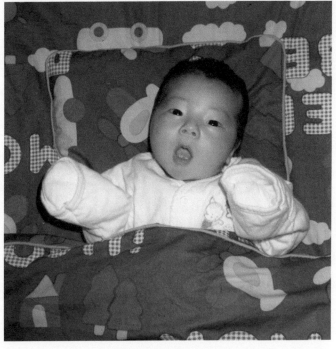

생각됐다. 거친 숨을 내쉬며 신음하다가 곧 정신을 잃을 것 같았다. 엄마 얼굴이 아른거렸다.

준영이는 새벽 2시가 지나서야 3.2kg의 건강한 모습으로 세상에 나왔다. 준영이를 처음 품에 안았을 때 가슴이 참 벅찼다. 내가 아기를 낳았다니, 눈앞에 준영이를 보면서도 믿기지 않았다. 준영이는 나와 남편이 정말 가정을 이뤘다는 사실을 실감케 했다.

"아가야, 고생했다!"

"아기가 참말로 예쁘네!"

"여보 많이 힘들었재!"

내 나이 28세, 이제까지 살아온 세상과 또 다른 세계를 향해 걸어가며 나는 다짐했다. 좋은 엄마가 되겠다고, 우리 가족을 행복하게 만들겠다고. 오로지 김혜정으로 살아온 내가 누군가의 아내, 엄마로서의 삶에 경이로움을 느꼈다.

보통 출산 후에는 산모가 산후조리를 한다고 요양을 하거나 친정에 가는데 나는 상황이 여의치 않았다. 남편도 어머님도 모두 밖으로 일하러 가야 했고 친정엄마도 철공소 일을 한창 돕고 계시던 때였다. 친정집에 간다한들 빈 집에 있는 것과 같아 신혼집에서 조리를 했다.

어머님께서 끓여주신 미역국은 참 맛났다. 매일 미역국을 먹어야 하는 나를 생각하셔서 매번 홍합, 소고기, 새우 등을 넣어 맛을 달리해 끓여주셨다. 구수한 국물을 후루룩 마실 때면 가슴 속까지 온기가 전해졌다.

지금 세대들은 어머님과 친구처럼 가깝게 지내는 며느리도 많다고 하지만 내게 어머님은 어려운 분이었다. 그런 어머님께서 해주시는 끼니를 누워서 받아먹고만 있자니 이부자리에 바늘이 있는 것처럼 따끔따끔했다.

"어머님, 저도 좀 도와 드릴께예."

"아가, 일어나도 괜찮나~ 좀 더 쉬지 않고."

집에 돌아오고 일주일이 지나서 나는 어머님과 함께 살림을 도왔다.

준영이를 처음 품에 안았을 때는 엄마로써 모든 일을 감당할 수 있을 것이라 생각했고 또 내가 해낼 수 있다고 여겼다. 하지만 당장 닥친 집안일과 준영이를 돌보는 일조차 내겐 너무 낯설고 어려웠다.

<u>자신이 하는 일에 어떻게 매번 만족감을 느끼고 뿌듯할 수 있을까. 어두운 방에서 우는 준영이를 달랠 때, 아무도 없는 집에서 혼자 빨래를 개고 있을 때, 끼니를 아무렇게나 먹을 적 문득 헛헛한 마음이 들기도 했다.</u>

준영이는 참 순했다. 말도 잘 듣고 떼를 잘 쓰지도 않았다. 그런 준영이도 새벽에는 한 번씩 집이 떠나가라 울기도 했다.

그날 새벽에도 준영이는 무엇이 그리 서러운지 목이 쉬도록 울었다. 졸린 눈을 간신히 뜨고 준영이를 달래기 위해 안았다. 준영이가 엄마를 알아봤는지 내 가슴에 얼굴을 비비고 날 보면서 웃었다. 순간 가슴이 저려오면서 이 아이를 위해서라면 뭐든지 할 수 있을 것이란 마음이 솟았다.

가족, 피붙이, 내 자식이라는 것이 이런 기분이구나 싶었다. 마냥 좋으면서도 행여나 잘못되면 어쩌나 어쩔 줄 모르는 부모의 마음. 우리 부모님도 날 낳아 길러주실 때 이런 마음이셨구나.

그날 밤 날 보며 미소 짓던 준영이의 얼굴이 떠오른다. 해맑고 순수한 그 모습을 영원히 지켜주고 싶었다.

자폐아의
부모가 되다

준영이는 순해서 좀처럼 보채는 일이 없었다. 집안일을 하다가도 곤히 자고 있는 준영이를 보면 미소가 절로 지어졌다. 부모들이 아이들로부터 가장 큰 기쁨을 맛보는 순간이 바로 이때가 아닐까 싶다.

그런데 순둥이 우리 준영이가 조금 이상했다. 돌을 지나서 2살이 되고 3살이 넘어서도 말을 떼지 않는 거였다. '엄마', '아빠'하고 말을 할 때가 됐는데도 말이다. 당시는 다른 아이들보다 속도가 조금 느린가보다 하고 대수롭지 않게 넘겼다.

4살이 되자 준영이는 자기만의 놀이에 푹 빠져 지냈다. 가장 좋아하는 것은 선풍기였다. 선풍기를 틀어 놓으면 준영이는 그 앞에 앉아 몇 시간이고 뱅뱅 도는 선풍기를 쳐다봤다. 돌아가는 선풍기를 좋아하는 것이 좀 유별나다고 생각했지만 그러려니 했다.

그 뒤로 준영이는 동그란 모양과 돌아가는 물건에 병적으로 집착하는 모습을 보였다. 지나가는 자동차는 물론 정차해 있는 자동차를 몇 시간이고 유심히 들여다보는 준영이를 보면서 보통 아이들과 다르다는 것을 조금씩 알게 됐다.

준영이는 5살이 다 되어도 제대로 말을 하지 못했다. 엄마, 아빠도 겨우 입을 뗄 정도였기 때문에 우리 부부는 외출을 하더라도 신경을 곤두세워야했다. 그러던 중 우리 부부를 혼비백산하게 만드는 일이 벌어지고 말았다. 남포동 시장 한복판에서 준영이를 잃어버린 것이었다.

하루는 준영이와 나 그리고 남편, 이렇게 셋이서 남포동 부평시장에 갔더랬다. 당시 나는 무영이를 가지고 있었기에 임부복을 사려고 이리저리 가게를 둘러봤다. 정말 아이를 잃어버리는 것은 찰나의 순간이었다. 마음에 드는 옷을 발견해 가격을 물어보러 고개를 돌린 그 순간 준영이는 우리의 시야에서 벗어나고 없었다.

굽이굽이 여러 골목으로 갈라진 남포동 부평시장은 관광객에겐 더할 나위 없이 재밌는 장소이겠지만 아이를 잃어버린 부모에게는 지옥과 같은 장소였다. 아무리 준영이 이름을 부르고 골목을 뒤져봐도 우리 아들의 모습을 찾지 못했다.

"준영아! 준영아!" 목이 찢어져라 외치던 이름도 나중엔 기력이 지쳐 나오지 않았다. 눈물로 범벅된 진득한 얼굴로 다시 임부복 가게로 가는 길에 온갖 나쁜 생각이 나를 괴롭혔다.

'말도 못하는데 누가 해코지하면 어떡하나.'

'애초에 나오는 것이 아닌데 나 때문이다.'

'어린 애를 납치해 앵벌이 시키는 것은 아닌가.'

우리 부부는 넋을 잃은 채 미아신고를 하러 골목길을 따라 내려오던 길이었다. 그 때 바로 준영이가 주위를 두리번거리며 올라오고 있는 것이 아닌가. 놀란 가슴을 쓸어내리며 고맙다고, 감사하다고 수백 번을 되뇌었다.

<u>우리 부부는 좌절감을 느낄 수밖에 없었다. 자녀가 조금씩 성장하면서, 무언가 스스로 행하는 것을 보면서 부모는 뿌듯한 마음을 가지게 마련이다. 하지만 우리 준영이는 해가 갈수록 몸집은 커졌지만 어느 것 하나 혼자서는 할 수 없었다. 길을 잃어 골목을 헤매면서도 준영이는 엄마, 아빠를 크게 부르지도 못하는 상태였다.</u>

한바탕 소란이 있고 난 뒤 준영이에 대한 인식이 완전히 달라졌다. 준영이에게서 한 시도 눈을 떼서는 안된다고 우리 부부는 직감했다. 조금씩 나아지길 바랐지만 우리의 기대와 달리 준영이익 상태는 빠른 속도로 악화됐다.

준영이가 6살이 되던 해, 우리 가족은 더욱 끔찍한 현실과 마주해야 했다. 어느 날부턴가 준영이는 저녁 8시만 되면 미친 듯이 울부짖었다. 사람의 울음이라고 할 수 없는 짐승에 가까운 소리로 목을 놓아 울었다. 방바닥을 뒹굴며 자지러지는 준영이를 안아도 보고 달래려고 갖은 수를 써도 울음을 그치지 않았다.

그때부터 매일 저녁 8시가 되기 전, 모든 식구들이 준영이에게 붙어 놀아주고 간식을 주고 달랬다. '오늘은 안 울겠지, 오늘은 울지 않을 거야'라고 기대를 품었지만 헛된 일이었다. 준영이는 저녁 7시 55분까지도 가족들과 즐겁게 놀았다. 하지만 시계 바늘이 8시를 가리키는 순간 어김없이 고함을 지르며 울기 시작했다.

무엇 때문에 그렇게 서럽게 우는 것인지 원인을 알 길이 없으니 갑갑한 마음은 더욱 커져만 갔다. 매일 같은 시간마다 울음소리가 나는 것을 이상하게 여긴 이웃주민들이 항의를 하기도 했다. 그때마다 우리 부부는 준영이의 사정을 설명해야 했다. 나의 입으로 직접 우리 준영이가 남들과 다르고 아파서 정상이 아니라는 이야기를 해야 할 때마다 나는 저 끝이 보이지 않는 깊은 나락으로 떨어졌다.

하루는 베란다에서 빨래를 널고 있는데 방에서 '악!' 소리가 들렸다. 놀라서 뛰어가니 준영이가 왼쪽 발을 부여잡고 있었다. 발을 잘못 디뎠는지 왼발 새끼발가락이 퉁퉁 부어올라 있었다. 다급한 마음에 곧장 준영이를 안고 병원에 가서 엑스레이며 각종 검사를 했다. 새끼발가락 뼈에 금이 살짝 갔다는 진단을 받았다. 석고로 발가락을 고정시키기 위해 간호사를 기다리고 있었다. 그런데 준영이를 가만히 보고 있던 의사선생님이 고개를 갸우뚱하며 입을 열었다.

"어머님, 준영이가 조금 이상한데요, 소아정신과 가서 검사 좀 받아 보시겠어요?"

"예? 소아정신과에는 왜요?"

그 선생 참 이상하다고 생각했다. 갑자기 웬 소아정신과. 인생에서는 때때로 피할 수 없는 벽이 갑작스레 찾아온다. 그 때만 해도 나는 그것이 우리 가족에게 시련을 가져다 줄 것이라고 예상하지 못했다.

소아정신과를 찾아 검사를 하니 평생 들어보지 못한 단어를 들었다. '발달장애, 자폐'

"어머님, 검사결과를 보니 준영이가 자폐증상이 있습니다."

"자폐라고요?"

자폐증이라는 말을 그 때 처음 알았다. 그게 무슨 증상이지. 의사 선생님의 말을 듣고도 제대로 이해가 되지 않았다. 아직 이렇게 어린데 치료를 받고 좀 더 크면 자연스럽게 나아질 거라고 믿었다.

우리 부부는 준영이에게 좀 더 관심을 쏟아야겠다고 다짐하고 지극 정성으로 준영이를 보살폈다. 우리가 노력하면 나을 거라는 마음이 컸기 때문에. 하지만 시간이 흐를수록 우리의 기대와 달리 준영이의 과잉행동은 걷잡을 수 없이 심각해졌다.

어느 일요일 오후 우리 가족은 서면 시내에 피자를 먹으러 나간 적이 있다. 오랜만에 하는 외식이라 모두 즐거웠다. 맛있게 피자를 먹고 나서 집으로 가는 길이었다. 준영이가 갑자기 괴성을 지르며 도로 한 복판에 철푸덕 누웠다. 너무나 순식간에 일어난 일이라 우리 부부는 어떻게 손도 쓰지 못했다. 준영이는 서면 도로 한 가운데에 누워 마치 간질 환자처럼 발작을 일으켰다. 집에서 울음을 터트리며 몸부림 친 적은 있어도 바깥에서 예상 밖의 행동을 한 것은 처음이었다.

"준영아, 와이라노 일어나라 어서"

"우아아아 우아아아악!!!"

막무가내로 누워서 괴성을 지르는 준영이를 지나가는 사람들이 무서운 눈빛으로 쳐다보고 가는 것이 너무나 끔찍한 기억으로 남아있다. 그들에게 준영이는 안쓰러움의 대상이 아니라 피해가야 할 방해물처럼 여겨졌다. 무관심보다도 더 차가운 눈빛의 타인들은 감당하기 실로 어려운 것이었다.

남편과 함께 준영이에 대해 이야기를 하고 싶어도 늦게 귀가하는 때가 많아 좀처럼 깊은 대화를 나누지 못하고 있었다. 가족이 생활을 하려면 돈이 필요하니까, 그리고 늦게 까지 일하고 온 남편의 지친 얼굴을 보면 이야기가 잘 나오지 않았다. 마음의 불안은 계속해서 커져만 가고 무엇이든 내가 해야 할 것 같은데 그게 무엇인지 혼자 생각하는 게 괴로웠다.

"여보.. 준영이 치료가 필요한 것 같다.."

"응? 무슨 치료?"

남편은 준영이를 지켜보는 시간이 많지 않으니 어떻게 준영이에 대해 알 수 있을까. 차근차근 설명해야 하는 것이 도리임에도 남편이 무신경하다고 단정 지은 적도 많았다. 그럴 때 마다 서로 언성이 높아졌다. 스스로 상황을 제대로 대처하지 못하고 있다는 생각에 자멸감이 나를 가득 채웠다.

당장 현실에서 느끼는 무기력함뿐만 아니라 나를 자책하는 시간도 늘었다. 모든 잘못은 나에게서 시작된 것 같았다. 내가 술을 좋아해서, 내가 태교를 잘 하지 않아서, 내가 잘 보살피지 않아서, 내가 준영이 엄마라서. 끊임없는 자책이 꼬리에 꼬리를 물고 늘어져 나를 괴롭혔다.

나를 잃어버린 것만 같았다. 이전에 내가 살아온 삶이 모두 준영이로 하여금 부정됐다. 그래도 실낱같은 희망을 버릴 수 없었다. 내 삶의 과오로 준영이와 내가 고통 받고 있다면 나의 노력으로 나은 앞날을 만들 수 있지 않을까. 준영이는 아직 어리니까. 내가 노력한다면 준영이도 다른 아이들처럼 해맑게 웃을 수 있다고 굳게 믿었다.

"

나를 잃어버린 것만 같았다.

이전에 내가 살아온 삶이 모두

준영이로 하여금 부정됐다.

그래도 실낱같은 희망을 버릴 수 없었다.

내 삶의 과오로 준영이와 내가 고통 받고 있다면

나의 노력으로 나은 앞 날을 만들 수 있지 않을까.

준영이는 아직 어리니까.

내가 노력한다면 준영이도 다른 아이들처럼

해맑게 웃을 수 있다고 굳게 믿었다.

"

천국의
열쇠를 찾아

"준영아, 이게 뭐야? 인형! 따라해봐~ 인형!"

"인....어.. ㅇ"

"준영아~인형! 이게 뭐야? 인형!"

"인..허어..."

준영이를 위해 언어치료실을 다니기 시작했다. 아직 말을 따라하는 것조차 힘들어 보이지만 선생님의 열성적인 모습을 보면 준영이의 상태도 빨리 좋아질 것 같았다.

병원에서 발달장애라는 말을 듣고 언어치료가 도움이 된다고 해서 여기저기 언어치료 시설을 알아봤다. 병원에서 운영하는 치료실은 집과 가깝지만 가격이 너무 비싸 등록할 수 없었다. 대연동 쪽에 마침 좋아 보이는 언어치료실이 있었다. 준영이를 데리고 가서 2주일 동안 치료를 받았는데 선생님이 남자라서 그런지 준영이가 잘 따르지 않았다. 그러던 준영이에게 잘 맞는 언어치료실을 찾았다. 대연고개에 위치해 집에서 조금 멀었지만 여자 선생님이 준영이를 다정하게 대해 주시는 것 같아 마음이 놓였다.

언어치료는 똑같은 사물을 반복적으로 보여주고 발음을 들려줘 인지할 수 있게 도와주는 프로그램이다. 만약 정상인이 언어치료를 받는다면, 나 같으면 돌아버릴지도 모르겠다. 하지만 준영이 모습을 보니 예전보다 눈을 더 자주 마주치고 발음도 제법 또렷해져 효과가 어느 정도 있는 것 같아 보였다.

준영이의 상태가 조금씩 호전되고 있다고 생각했다. 하지만 그것은 나의 착각이었다. 어렸을 때 선풍기가 돌아가는 것에 집착하더니 요즘은 자동차에 지나친 관심을 보이기 시작했다. 준영이는 길을 지나가면서 마주치는 모든 자동차는 성에 찰 때까지 들여다보고 나서야 발길을 옮긴다. 한 번은 길가에 주차돼 있는 택시를 빤히 쳐다봤다.

"……"

"아니, 이 갑자기 뭐하는 겁니까?"

택시기사는 차에서 내려 험한 말을 마구 쏟아냈다. 아무 이유 없이 갑자기 바로 옆에서 창문에 붙어 자신을 바라보는 이가 있다면 누구든 똑같은 반응을 보일 것이다. 사람에 따라 정도의 차이만 있을 뿐.

그 이후부터 우리 노사는 차가 모두 정차해 있는 주차장에 자주 들렀다. 주차장 주인에게 겨우 양해를 구하고 들어가 준영이가 그만 가자고 할 때까지 자동차를 봤다.

준영이는 자동차를 아주 꼼꼼하게 본다. 하나하나 다 뜯어서 보는데 자동차 바퀴, 문짝, 사이드미러, 트렁크까지 숨죽여 보는 모습을 보면 준영이는 차를 아주 좋아하는 것 같다.

하지만 바깥에서 하루 종일 서서 차를 보는 것은 정말 힘들었다. 원하는 것은 여간해서 다 들어주고 싶지만 체력적으로 힘에 부쳤다. 해가 져서 깜깜해질 때까지 차만 보고 집에 들어온 날은 녹초가 돼 곯아 떨어졌다.

고민 끝에 언어치료실 선생님을 집으로 모셔 치료받을 수 있게 했다. 선생님이 집으로 오신지 얼마나 됐을까. 준영이가 선생님이 오는 날이면 방문을 잠그고 싫다고 고함을 치는 통에 언어치료도 더 이상 받기 곤란했다.

그 당시에 나는 발달장애라는 장애에 무지했던 터라 보통 아이들이 받는 교육을 준영이에게도 시키면 준영이도 곧 병이 나을 거라 믿었다.

태권도를 하면 체력도 기르고 상태도 나아진다는 이야기를 듣고 동네 태권도장에 보내기 시작했다. 준영이에게 너무 험한 운동은 아닌지 걱정도 됐지만 일단 시켜보기로 했다. 등록한 뒤 며칠 간 준영이와 함께 도장에 갔다. 도장 안에는 준영이 또래의 많은 아이들이 힘찬 기합소리에 맞춰 동작을 따라하고 있었다. '우리 준영이도 잘할 수 있겠지' 문 밖에서 지켜보니 준영이도 곧잘 따라하는 듯 했다. 관장님도 준영이를 세심하게 챙겨 주셨다. 내가 따라가지 않아도 준영이 혼자 잘할 수 있을 것 같아 준영이 혼자 도장에 보내기 시작했다.

"싫어요, 싫어요!"

태권도장에 갈 시간이 되자 준영이가 가지 않으려고 안간힘을 썼다. 도장에서 무슨 일이 있었나 싶어서 전화를 걸어 물어봐도 자세한 원인은 알 수 없었다. 나중에 알고 보니 준영이보다 나이 많은 형들이 준영이에게 좋지 않게 대했다는 사실을 알았다.

준영이는 뇌에 이상이 있는 만큼 혼자서 상황을 인지하거나 제어하지 못했다. 나는 준영이의 상태를 알기까지, 아니 인정하기까지 많은 시간과 시행착오를 거쳐야 했다.

밖에서 준영이가 돌발행동하면 오히려 내가 놀라서 상황을 어떻게 해야 힐지 허둥댈 때가 많았다. 준영이가 남과 디르디는 것을 사람들이 알아챈 것만 같아 부끄러웠던 걸까.

해가 갈수록 준영이의 난폭한 행동은 심해졌다. 상황이 싫거나 마음에 들지 않으면 벽에 머리를 찧고 소리를 지르기 일쑤였다. 싫은 것이 있으면 말로 설명을 하는 것이 보통인데 준영이는 말로 의사나 감정을 표현하지 못했다. 스스로 오죽 갑갑했으면 머리를 벽에 박을까 볼 때 마다 안쓰럽고 가슴이 미어졌다.

준영이가 6살이 될 무렵 동생 무영이가 태어났다. 무영이가 태어났을 때도 온 가족이 기뻐했다. 착한 무영이는 가족들이 준영이에게 관심을 더 많이 쏠렸어도 무탈하게 자라줬다.

두 아들을 키우며 나에게 소망이 있었다. 온 가족이 다함께 외식을 하는 것. 우리 가족은 좀처럼 바깥에서 밥을 사 먹는 일이 적었다. 식당에서 밥을 먹을 때 준영이가 갑자기 큰 소리를 내지는 않을까, 주위 사람들에게 피해를 주지는 않을까 마음을 졸였기 때문이다. 두 아들이 어렸을 당시 나는 우리 가족이 남과 다르다는 것을 크게 의식하며 지냈다.

준영이가 다른 아이들처럼 평범하게 지낼 수 있기를 얼마나 기도하고 바래왔는지 모른다. 준영이가 학교를 들어가야 하는 8살이 되어서도 나는 끝끝내 특수학교에 입학하는 것을 반대했다. 지금 생각하면 참 어리석었다. 내가 장애 자녀를 키우고 있으면서 장애에 대한 편견을 가지고 있었으니까. 아무런 근거 없이 준영이가 특수학교에 들어가면 상태가 더 악화될 거라 생각했다. 참 어리석었다.

결국 준영이를 일반 초등학교에 입학시켰다. 하지만 준영이는 스스로 할 수 있는 것이 아무것도 없었다. 똥을 정말 더럽고 무서워해서 자신이 용변을 보고나서도 제대로 닦지 못했다. 나는 준영이와 함께 학교에 다니기로 결심했다. 내가 할 수 있는 것은 모두 다 해보고 싶었다.

성남초등학교는 집에서 멀지 않아 걸어서 15분 정도면 도착할 수 있었다. 아담한 운동장에 줄 맞춰 늘어선 가로수는 평화로워 보였다. 처음 교문을 지나던 날 기분이 묘했다. 다른 학부모들은 교문 앞에서 서로 인사를 하고 헤어졌는데 나는 준영이의 손을 꼭 잡고 교실로 향했다.

왁자지껄하게 떠드는 아이들 소리가 나의 심경을 더 혼란스럽게 했다. 초등학교 1학년 교실에 다 큰 어른이 앉아 있는 모양새가 신기

했는지 같은 반 친구들 여럿이 나를 기웃기웃 쳐다보고 말을 걸었다.

"아줌마 여기 왜 앉아 있어요?"

"니 종쳤는데 자리에 가서 앉아야재"

"아줌마 종쳤는데 왜 안가요?"

듣고 보니 맞는 말이다. 하지만 나는 돌아갈 수 없다. 준영이가 학교생활을 할 수 있도록 내가 확실하게 돕기로 단단히 마음먹었다. 담임선생님께 자초지종을 설명했지만 표정을 가만히 살펴보니 난감해하시는 모습이 역력했다. 하긴 학부모가 교실에 앉아 수업을 항상 감독하고 있다면 얼마나 불편할까. 다행히 담임선생님께서는 사정을 이해해 주시고 교실에서 준영이와 함께 수업 받는 것을 허락해줬다. 참 고마운 일이었다.

"야 니 거기 서라"

"잡아 봐라, 메롱!"

"애들아, 선생님 오시겠다~ 퍼뜩 자리에 앉아라"

한창 뛰어 놀기를 좋아하던 초등학교 1학년들이 내 말을 들을 리가 만무하다. 내가 암만 이야기해도 같은 반 아이들이 떠드는 통에 나도 여러 번 같이 야단을 맞았다.

"수업 종 친지가 언젠데 아직까지 떠들고 있어! 다들 일어서!"

선생님께서도 내가 있든 없든 아랑곳 않으시고 똑같이 아이들을 대하셨다. 선생님이 학생들을 혼내며 벌을 세울 때도 나도 아이들과 함께 벌을 섰다.

준영이는 갑갑한 것을 싫어한다. 한창 수업이 진행되고 있어도 나가고 싶어서 벌떡벌떡 일어났다. 나는 준영이가 뛰쳐나가려고 할 때마다 바짓가랑이며 티셔츠며 잡고 말렸다. 그리고 제대로 수업진도를 따라가기 어려워 준영이와 나는 수업시간에 따로 줄긋기, 색칠하기 등 수업과 상관없는 것들을 쉬지 않고 계속했다.

일반학교에서 준영이와 함께 수업을 듣는 나도 고단했지만 준영이는 그 시간이 얼마나 싫었을까. 제대로 움직일 수도 없고 마음대로 돌아다닐 수도 없는 학교생활이 얼마나 끔찍했을까.

어려움이 많았던 학교생활이었지만 즐거웠던 추억도 있다. 아이들이 어리고 순수하다보니 같은 반 친구들이 준영이를 잘 보살펴 준 것이다.

"아줌마, 제가 준영이 데리고 화장실 갔다 올게요"

"저 준영이랑 같이 문방구 가도 돼요?"

"준영이 웃을 때 되게 귀여워요"

처음에는 그토록 교실에 앉아 있는 것이 어색했는데 나중에는 선생님과 아이들에게 정이 들었다. 2학년 담임이었던 권 선생님도 준영이를 많이 아껴주셨다. 권 선생님은 출장에서 돌아오실 때 준영이 선물을 꼭 잊지 않고 사서 전해주셨다.

준영이와 함께 학교를 다니면 상태가 좋아지지 않을까 내심 기대했었다. 하지만 준영이는 나아질 기미를 전혀 보이지 않았다. 그래도 열심히 노력한다고 했는데 결과가 눈에 들어오지 않으니 실망감도 더했다. 준영이와 학교를 함께 다닌 지도 3년이 지났을 때 학교에서 보조교사와 특수반을 운영한다는 소식을 접했다. 4학년부터는 전문적인 선생님이 직접 준영이를 학교에서 돌봤다.

준영이는 계속 자라며 커 가는데 힘든 상황은 계속 우리 가족 주위를 떠나지 않고 맴돌았다. 불안하고 힘들어 밤에는 제대로 잠을 이룰 수가 없었다. '왜 하필 우리 아이에게'라는 물음만 되뇔 뿐 내가 준영이에게 해줄 수 있는 것은 극히 한정적이었다.

하루는 준영이가 우리 가족을 깜짝 놀라게 했다. 준영이가 평일 오후에 갑자기 사라진 것이다. 옛날 시장에서 준영이를 잃어버렸을 때가 떠오르면서 불안한 기운이 엄습했다.

온가족에게 전화를 걸어 혹시 준영이를 데리고 있는지 수소문했지만 소용없었다. 집 근처, 예전에 준영이가 다니던 학원 등 준영이가 있을 만한 장소는 모두 뒤져보았다. 또다시 이런 일이 벌어지다니 망연자실하지 않을 수 없었다. 준영이가 어느 정도 큰 상태라 더욱 불안한 마음이 컸다. 초조하게 연락을 기다리고 있는 그 시간이 어찌나 끔찍하던지.

시간은 흘러만 가는데 도무지 아무데서도 연락이 오질 않았다. 다시 경찰서에 가려고 일어서는데 전화벨이 울렸다.

"네, 예보세요!"

"저기 준영이 보호자분 되십니까, 여기는 경찰선데요"

우리 부부는 주말이 되면 아이들과 함께 가까운 대형마트에 장을 보러가곤 했다. 다함께 장을 보는 그 시간은 매우 즐거웠다. 준영이에게도 어떻게 물건을 사는지 직접 보여줄 수 있어서 교육적으로도 의미가 있었다. 다양한 물건들이 한 자리에 모여 있는 마트라는 장소는 준영이 뿐만 아니라 무영이에게도 놀이터처럼 신나는 장소였다.

준영이는 전반적인 뇌의 능력이 떨어지더라도 특정 사물을 기억하는 것만큼은 똑 부러졌다. 우리 가족은 매번 마트를 갈 때 자가용을 이용했는데 준영이는 창문 너머로 그 길을 외어놓은 것이다.

가족들과 함께 마트에 가서 즐거운 시간을 보냈던 것이 떠올라서였는지 준영이는 혼자서 마트를 향했던 것이다. 하지만 집에서 마트까지 가는 길은 자가용으로나 가능했지 도보로 갈 수 있는 길이 아녔다. 준영이는 지하도로 이어진 길에서 더 이상 앞으로 갈 수가 없어 길 근처를 배회하고 있었던 것이다.

마침 지하도 쪽으로 차를 몰고 가던 한의사가 준영이를 보게 됐다. 한의사는 한 눈에 준영이가 아픈 몸이라는 것을 알아채고 황급히 경찰서로 데려온 것이다. 천만다행으로 준영이는 언어치료실을 다닐 때 외워놓은 전화번호를 경찰관에게 말했다. 분명하지 않은 발음으로 준영이가 이파구이(2892), 이파구이(2892)라고 말했을 것을 생각하니 눈물이 났다.

준영이가 집을 혼자 나선 것을 알고 난 뒤 경찰서에서 연락을 받기까지 우리 가족은 지옥 같은 시간을 보냈다. 가슴이 철렁 내려앉은 것은 물론이고 다시는 이런 일이 일어나지 않도록 조치를 만드는 것이 시급했다.

여러 가지 방법을 생각하던 중에 자폐를 앓던 아이가 양약을 먹은 뒤 증세가 나아졌다는 이야기를 들었다. '준영이에게도 양약이 잘 들지 않을까' 하는 기대를 안고 예전 처음 준영이가 자폐 진단을 받은 성분도 병원을 찾았다.

나이가 지긋이 드신 의사 선생님은 이리저리 준영이를 살펴본 뒤 양약을 처방해 주셨다. 받아온 약을 준영이도 곧잘 먹어 다행이다 싶었다. 하지만 기대했던 마음도 잠시 준영이는 약을 먹은 날이면 어김없이 골아 떨어졌다. 평소의 과잉 행동은 잦아들었지만 반대로 기력이 뚝 떨어졌다. 아픈 병아리가 고개 떨구듯 축 쳐진 준영이를 보고 있으니 덜컥 겁이 나서 먹이던 약을 멈췄다.

운명이 정해져 있는 불가변의 것이라면, 나의 인생은 언제 어떻게 정해진 걸까. 아무리 발버둥 쳐도 벗어날 수 없는 내 운명. 누구로부터 나는 죗값을 치르고 있는 것일까.

문득 준영이를 멍하게 쳐다봤다. 준영이는 이 소용돌이 같은 삶을 실감하고 있을까. 힘들다고 스스로 몸부림치고 있을까. 준영이는 아무것도 모르겠다는 표정으로 나를 바라보며 웃었다. 준영이를 위한다고 해온 것들이 실은 나 자신의 만족을 위한 건 아니었을까.

하지만 무작정 손을 놓고 아무것도 하지 않고 있자니 속이 타들어 죽을 지경이었다. 겉으로는 생활을 이어가고 있지만 마음속에선 까만 멍이 점점 퍼지는 것 같았다. 누구에게 마음 놓고 하소연을 할 수 있는 것도 아니고 먹는 것이 먹는 게 아니었고 잠도 제대로 잘 수 없었다. 준영이의 상태를 조금이라도 낫게 하고 싶은 열망이 커져갈수록 현실의 어려움에 대한 좌절감도 깊었다. 이렇게나 준영이를 향한 열정이 큰데 그만두고 싶지 않았다. 조금이라도 더 노력하고 싶었다.

알약 두개,
짜장면 곱빼기

<u>가벼운 감기처럼</u> 준영이가 앓고 있는 병이 나을 수만 있다면 나는 무슨 일이든 할 수 있다. 불치의 병을 감내해야 하는 자식을 둔 부모의 마음은 하루에 열두 번도 더 천 갈래, 만 갈래로 찢어진다.

준영이의 돌발행동은 갈수록 우리 가족이 감당하기 힘든 수위에 이르렀다. 짐승처럼 울부짖는 준영이를 보면서 '저는 얼마나 괴로울까', '차라리 내가 아팠으면' 하는 생각이 간절했다.

준영이의 과잉행동이 극에 달하자 결국 한 번 더 병원을 찾았다. 집에서 멀지 않은 곳에 위치한 문화병원은 소아정신과에 저명한 의사선생님이 있다고 전해들었다. 준영이와 함께 진료를 받던 중 우리 부부는 의사선생님으로부터 호된 질책을 받아야 했다.

"어쩌자고 아이를 이 지경으로 두었습니까"

당시 준영이 나이가 13살, 준영이는 이때까지 언어치료실 외에 이렇다 할 치료를 받지 않은 상태였다. 의사선생님은 전문적인 진찰 없이 무턱대고 아이를 방치한 탓에 준영이의 상태가 더 악화되고 있다고 단호하게 말했다.

실제로 준영이는 해를 더해 갈수록 난폭해졌고 스스로를 통제하는 힘을 완전히 잃어버렸다. 가장 심각한 것은 끝없이 먹으려고 하는 식이 장애였다. 행동과 생각을 관할하는 뇌에 이상이 있다 보니 준영이는 배가 불러도 계속 먹을 것을 찾았다. 게다가 달고 자극적인 음식을 좋아해서 초등학교 6학년임에도 체중이 70kg까지 늘었다.

나는 내 눈앞에 놓인 현실을 제대로 마주할 용기가 없었던 것일까. 왜 우리 부부는 준영이를 병원에 데려가지 않았던 걸까. 나는 준영이가 약을 먹기 시작하면 정말로 준영이가 정상이 아니라는 것을 인정하는 것이라고 여겼던 것 같다. 시간이 지나갈수록 우리 준영이가 원래 멀쩡한 때로 돌아올 거라고 홀로 믿었다. 바보같이 현실을 부정하던 나 때문에 준영이가 더 엉망이 되다니.

의사선생님의 호통이 내가 준영이를 제대로 바라볼 수 있도록 일깨워준 것만 같다.

초등학교 6학년 때부터 준영이는 약을 먹기 시작했다. 지나친 흥분을 가라앉히는 약, 한 알. 그리고 마구 먹으려는 식욕을 줄여주는 약, 한 알. 그렇게 준영이는 매일 두 알의 약을 삼켰다.

준영이는 몸의 작은 근육들을 잘 쓰지 못한다. 잇몸과 턱의 근육도 마찬가지다. 그렇다보니 준영이가 가장 좋아하는 음식은 다름 아닌 짜장면이다. 햄, 어묵 같이 식감이 물렁한 음식도 잘 먹지만 준영이는 짜장면이라고 하면 자다가도 벌떡 일어난다.

사실 몸에 좋은 음식은 거칠고 단단하다. 하지만 준영이가 즐겨 먹는 음식은 밀가루, 면, 참치 등 무른 음식이 대부분이다. 좋아하는 음식 절반이 인스턴트니 준영이의 몸이 건강한리 만무했다. 하지만 나는 준영이가 잘 먹는 모습을 보면 그저 기분이 좋아서, 그리고 먹기 싫어하는 준영이의 몸부림에 대응하고 싶지 않아서 그렇게 준영이가 찾는 인스턴트를 자주 내어줬던 것이다.

어린 아이들에게 야채를 먹이기 위한 부모들의 노력은 참 놀랍다. 다지고 볶고 고기와 함께 무치는 등 갖은 방법을 습득해서 준영이 야채 먹이기에 힘썼다. 하지만 이런 가족의 정성도 준영이가 짜장면을 달라고 보채는 몸부림 앞에서는 모두 물거품이 된다. 울며 고함을 지르는 준영이를 달래는 방법이 오직 짜장면 곱빼기 밖에 없다니. 허탈한 심정 어찌 말로 다 할 수 있을까.

그래도 병원에서 지어온 약을 먹고 난 뒤부터는 준영이의 증세도 많이 나아졌다. 먼저 식욕이 줄다보니 몸무게도 표준체중까지 돌아왔다. 장족의 발전이 아닌가. 약을 잘 참고 먹어준 준영이에게도 고맙다.

분노를 주체하지 못하고 광폭해지는 과잉행동도 눈에 띄게 줄었다. '약을 잘 먹으면 혹여나 준영이의 병이 나을까' 하는 헛된 소망도 남몰래 품었었다. 하지만 약을 반나절이라도 거르면 곧바로 보이는 준영이의 이상행동에 나는 마음을 다잡아야 했다. 준영이가 먹는 약은 그저 병의 악화를 늦추는, 아픈 것을 잠시 멈추게 할 뿐이라는 걸 곱씹었다.

준영이는 중학교에 들어가면서 일반학교가 아닌 특수학교를 다녔다. 대연동에 있는 혜성학교에서 치료와 공부를 함께 했다. 준영이가 초등학교에 입학할 때 나는 곧 죽어도 특수학교에 보내지 않겠다고 마음먹었다.

하지만 준영이와 초등학교를 다니면서 그 때 내가 한 생각이 얼마나 잘못됐는지 깨달았다. 혜성학교에서 준영이는 다른 발달장애 아이들과 반을 이뤘다. 같은 반 아이 중에는 중증장애를 앓고 있는 이들도 많았다. 자기 몸을 제대로 가누지 못하는 다른 아이들이 참 힘들어 보였다. 하지만 혜성학교 선생님으로부터 뜻밖의 말을 전해 들었다.

"어머님, 준영이가 다른 아이들보다 배우는 속도가 많이 느립니다. 집에 귀가하셔서도 배운 것을 잘 복습해야 할 것 같아요"

준영이는 겉으로 멀쩡해 보여도 지적능력이 또래 장애우들 보다 많이 떨어졌던 것이다. 같은 반 아이들은 소아마비, 다운증후군처럼 드러나는 장애를 가지고 있어도 학습능력이 월등히 높았다.

당시만 하더라도 다른 아이들과 준영이를 비교하며 극심한 좌절감을 가졌는데 특수학교에 와서도 또 상대적 박탈감을 느껴야 하다니. 부모로써 준영이를 잘 알지 못한 내 자신이 부끄러웠다.

세상 사람들이 준영이를 자신들만의 잣대로 바라보고 평가하는 것에 치를 떨며 싫어했건만 나 역시 어떤 틀 속에 준영이를 넣은 채 들여다보고 있었다.

준영이를 있는 그대로 받아들이는 것이 내게는 가장 어려운 숙제였다.

중학교에 들어가고 나서 준영이에게도 2차 성장이 찾아왔다. 보통의 부모들의 자녀가 어떻게 성에 눈을 뜨는지 자세히 알기 어렵다고 생각한다. 더욱이 우리나라는 성을 부끄럽고 수치스러운 것이라 여기며 쉬쉬하는 경향이 강하지 않는가. 내가 어렸을 때도 성은 드러내는 것이 아닌 감춰야만 하는 것으로 알았다.

그러던 어느 날 바깥에서 볼일을 마치고 집에 들어왔는데 나는 너무 놀라 뒤로 넘어질 뻔 했다. 준영이가 발가벗은 채로 스타킹만 입고 있는 거였다. 사타구니 쪽과 준영이 얼굴에는 풀 같이 끈끈한 것이 범벅이 돼 있었다.

준영이는 스스로 표현하는 것에는 어려움을 느끼는 반면 외적인 감각은 굉장히 예민하게 받아들인다. 특히 후각과 촉각에 민감한데 준영이는 스타킹처럼 매끄러우면서도 부드러운 촉감을 굉장히 좋아한다.

그날도 내 방 옷장에서 스타킹 꺼내 만져보고 입고서는 자신도 모르게 사정을 해 버린 것이다. 보통 남자아이들은 부모님 몰래 숨어서 자위를 한다고 들었는데 숨길 줄 몰라 가족이 다 보는 앞에서 사정을 한 준영이를 보니 우스꽝스럽다는 생각이 들어 웃음이 났다.

혜성학교를 다니기 시작하면서 준영이는 바깥 활동이 늘었다. 평발이라 움직이는 걸 꺼리는 준영이를 위해 학교에서 운영하는 프로그램, 복지관 체육 활동 등을 일부러 신청해 다녔다. 프로그램을 통해 배운 활동은 수영, 검도, 볼링 등이다. 그 중에서 준영이는 수영을 가장 좋아했다.

꼭 짚어서 이야기하자면 수영보다 수영장에 있는 샤워실의 거품놀이를 제일 좋아했다. 준영이는 물을 좋아해도 근육을 많이 움직여야 하는 수영은 잘 하지 못했다. 그리고 발이 조금만 닿지 않아도 금세 무서워했다. 하지만 수영 교습이 끝난 뒤 샤워실에서는 한 시간이고 두 시간이고 시간가는 줄 모르고 거품놀이 삼매경에 빠졌다.

발달장애 자녀의 부모들이 가장 두려워하는 것은 시간이 흐르는 거다.

시간이 흐를수록 자녀들의 병세는 나아지지 않지만 정작 자녀를 돌보는 부모들까지 쇠약해지기 때문이다. 우리 부부가 늙고 병이 든다면 누가 준영이를 보살펴 줄까. 혼사서는 아무것노 할 수 없는 준영이가 이 험난한 세상을 어떻게 살아갈 수 있을까. 대책 없이 흐르는 시간은 야속하기 그지없다.

알 수 없는 미래는 나를 절망과 우울에 빠지게 했다. 하지만 준영이, 무영이와 함께 하는 시간은 우리 가족이 힘든 현실 속에서 버팀목이 됐다. 준영이와 무영이가 커 가는 모습을 보며 한 겹씩 켜켜이 쌓이는 추억은 나에게 가장 값진 보석이다.

위 솔빛 특수학교 백선영 선생님과 함께
아래 부전교회 서동휘 목사님과 함께

잿더미 속에서
핀 꽃

<u>준영이가</u> 초등학교 6학년이 되어서도 나와 어머님이 주로 준영이를 돌봤다. 당시 남편은 실용음악학원을 운영하고 있었고 나름 호황을 누렸다. 반면 남편은 바깥일이 많아지니 집안일에 대해서 신경 쓰고 챙기는데 어려움을 보였다. 음악 스튜디오는 대부분 새벽이 훨씬 지나서야 작업이 끝나는 날이 대부분이었다.

친정집에도 나의 어려움을 말하기 쉽지 않았다. 엄마는 아버지가 돌아가시고 난 뒤부터 철공소일을 전적으로 도맡아 하시면서 적잖은 스트레스를 받으셨다. 원체 힘든 일이라 혼자 견뎌내기 많이 고되셨을 것이다.

어머님께서도 목욕탕일을 하고 계셨던 지라 준영이가 학교를 마치고 돌아오면 항상 나와 함께 했다. 별 다른 놀이를 하지 않아도 오붓하게 시간을 보내곤 했다. 준영이는 항상 한 가지 사물에 집착하는 버릇이 있었다. 어렸을 때는 동그란 것, 돌아가는 것, 자동차에 집요한 관심을 보였는데 학교에 들어가고 나서부터 활활 타는 불에 관심을 두기 시작했다.

준영이는 스스로 물건을 인지하고 제어하는 것이 어렵기 때문에 불에 집착하는 모습을 볼 때면 초조하고 조마조마했다. 집에 라이터며 성냥을 죄다 치워버린 것도 그 때문이다. 그럼에도 준영이는 한 번씩 가스렌지 앞에 서서 일렁이는 불꽃을 뚫어져라 바라봤다.

남편과 한 번씩 밖에서 사람들을 만나 담소를 나누며 모임을 가질 때가 있는데 그 날도 어느 모임에 참가해 한창 수다를 즐기고 있었다. 나의 휴대폰으로 모르는 번호가 뜨며 벨이 울렸다.

"지금 댁에 화재가 났으니 빨리 오시기 바랍니다"

이게 무슨 해괴한 장난전화냐며 끊어버렸다. 몇 분 채 지나지 않아서 아파트 소장님으로부터 전화가 왔다. 집에 불이 났으니 당장 오라고 했다.

전화를 끊고 순간 너무나도 무서운 생각이 들었다. 준영이, 무영이, 어머님은 무사한지 달리는 차 안에서 빌고 또 빌었다. 제발, 제발 우리 가족 무사하길.

집에 도착했을 때도 불길은 제대로 잡히지 않은 채 치솟고 있었다. 온통 까만 밤에 새빨간 불이 움츠려들었다가 다시 튀어 오르길 반복했다. 이때의 광경은 아직까지도 내 꿈에 나타나 나를 괴롭힌다.

"우리 가족들은 어디에 있나요!"

가족들의 생사를 확인하기 위해 여러 사람을 밀쳐내며 응급차 쪽으로 뛰어갔다. 천만 다행으로 모두 연기를 마셨을 뿐 무사히 병원으로 이송됐다는 이야길 들었다.

그날의 화재는 우리 가족으로부터 모든 것을 한꺼번에 앗아갔다. 수십년을 넘게 살아온 우리들의 집이 순식간에 재로 변했다. 살림도 전부 다 타버려 하루아침에 빈털터리가 됐다.

소방서에서 화재 원인을 조사한 결과 장식장이 발화지점이라 했다. 장식장에 놓인 초를 가지고 준영이가 불장난을 한 것이라고 생각하니 억장이 무너졌다. 정말 오지 말았으면 하는 불행한 일은 왜 기어코 찾아오고 마는 것일까.

우리 가족의 터를 잿더미로 만든 화재는 이웃집까지 번졌다. 그 착하던 이웃 사람들은 한 순간에 돌변해 우리 가족에게 모든 보상을 처리해줄 것을 따져들었다. 어쩔 도리가 없었다. 우리 집을 복구하는 것은 물론 이웃집의 피해까지 감수해야 했는데 자금이 가장 큰 문제였다. 그 흔한 신용카드 빚도 하나 없이 살아온 우리 가족이 빚더미에 올라앉게 된 것이다.

한 번도 겪어보지 못한 시련에 우리 가족은 어찌할 바를 몰랐다. 사방팔방 아는 지인들을 찾아다니며 돈을 꾸러 다녔다. 난생처음 누군가에게 돈 때문에 한 없이 작아지던 시절이었다.

당시 가장 자존심이 상했던 때는 신용카드 회사의 전화를 받는 것이었다. 신용카드는 만들고 쓸 때는 매우 손쉽다. 하지만 한 번 빚이 생기면 무서우리만치 독촉하며 사용자를 밀어 붙이는 것이 회사의 원리고 사업의 이치였다.

당장 생활비가 없어 쓴 신용카드의 대금을 갚지 못해 다른 카드로 대금을 돌려 막고 또 돌려 막기를 몇 차례 반복했다. 눈더미가 불어나듯 신용카드 빚은 금세 어마어마한 액수로 몸짓이 커졌다. 한 곳의 신용카드 회사에만 빚을 진 것이 아니다보니 하루에도 수십번 카드 회사의 독촉전화를 받아야 했다.

"고객님, 이번에 또 연체하시면 금융권으로 업무가 이관 됩니다"

"어떻게 해야 하나요…"

"현재 얼마까지 대금 납부 가능하시나요?"

"지금은 십만원 정도 밖에…"

"십만원요? 지금 연체가 300만원이 넘었는데 십만원요?"

인간적으로 정말 비참한 나날이었다. 돈 때문에 생전 본적도 없는 사람에게 수치를 겪어야 했다. 체납자에게 떼인 돈을 받아 내는 것이 의무이자 업무인 이들이니 그런 대우는 당연하고 자연스러운 것일 거다. 하지만 사치를 하거나 쓸데없이 돈을 쓴 것이 아닌 생활비로 카드빚이 났음에도 인생을 제대로 살지 못하는 폐인 취급을 받는 것 같아 속이 많이 상했다.

갑작스럽게 모두 함께 살던 집이 없어져 가족들이 뿔뿔이 흩어져 친척집에 신세를 지거나 음악학원에서 지내야 했다.

어머님께서는 삼촌네에 가서서 집이 수리될 동안 지내셨다. 준영이와 무영이, 그리고 우리 부부는 음악학원의 작은 방에서 먹고 지냈다. 아이들은 아침이면 학교를 갔고 우리 부부는 눈 뜨면 돈을 구하러 다녔다.

정신없는 날을 보내던 중 어느 날 어머님께서 우리 부부를 부르셨다. 어머님은 묵묵히 통장과 집문서를 우리에게 내미셨다.

"일단 집을 담보로 대출 받아서 급한 빚을 갚아야 하지 않겠나"

"엄마…"

눈물이 왈칵 쏟아졌다. 우리 부부는 통장을 부여잡고 얼마나 울었는지 모른다. 자식은 어려울 때마다 부모를 찾는다. 하지만 부모는 정작 당신이 어려울 때는 자식에게 어려움을 알리지 않고 모든 것을 품는다. 어머님이 아니었다면 우리 가족은 어떻게 그 시련을 회복할 수 있었을까.

은행에서 대출을 받아 이웃집 보상과 집 복구 문제를 해결했다. 하지만 대출이란 것이 원금과 이자를 꼬박꼬박 갚아나가야 하는 것. 당장 무엇으로 돈을 벌어 그 많은 돈을 갚아야 할지 막막했다.

갑작스럽게 닥친 경제적 어려움은 나를 더욱 피폐하게 만들었다. 당장 먹고 살 돈, 가장 기본적인 돈 마저 없으니 눈을 떠 있는 시간이 고통스러웠다.

"여보세요, 어 경미야 오랜만이네. 잘 지냈나?"

"그래, 혜정아~ 요번에 정숙이 둘째가 학교 들어 간다이가"

"어...벌써 그리 컸나"

"안 그래도 에들이랑 모여서 선물도 주고 축하도 할라고~ 니도 시간 되재?"

"아...나는.."

인간이 살아가는데 돈이 전부는 아니지만 상당 부분 돈이 꼭 필요한 때가 많은 법이다. 하지만 집에 불이 나고 나서부터 빚을 내게 되니 부모님 생신, 친구들에게 좋은 일이 생겨도 떳떳하게 선물을 준비하거나 돈을 쓸 수가 없었다. 즐기기 위해 쓰는 돈은 물론이고 최소한의 생활비도 절감해야 했다.

무엇보다도 생활비와 이자를 마련하는 것이 시급했다. 그러던 중 남편은 당시 7080 라이브 클럽이 전국적으로 성황리에 영업을 하고 있는 것을 듣고 무작정 인터넷서 부산지역에 있는 라이브클럽마다 전화를 하기 시작했고 어느 날 남편과 함께 바닷가를 터덜터덜 걷던 중 화려한 네온사인 속에서 하나의 광고판이 눈에 들어왔다.

'7080 라이브 까페'

순간 '아 나도 가수였지, 나도 노래를 부를 수 있는데'라는 생각이 번뜩 들었다. 그 길로 7080 라이브 까페를 검색하기 시작했다. 우리 부부는 유명한 7080 라이브 까페를 모두 적어 놓고 일일이 전화로 확인하며 사장과 만나기를 고대했다.

많고 많은 라이브 까페 중 연산동에 위치한 7080 라이브 까페가 가장 호황이라는 정보를 전해 들었다. 그곳에 몇 번 전화를 걸었는지 모른다. 한 번은 직원이 받더니 몇 시쯤 가게에 오면 사장을 만날 수 있다고 대뜸 말했다. 시간 맞춰 가게에 갔을 때는 사장을 만날 수가 없었다. 미안했는지 다음 날 7시에 오란다. 또 다시 갔을 때 역시 허탕이었다.

발걸음을 돌리려는데 팀장이라는 사람이 우리를 불러 세웠다. 자초지종을 설명하니 알겠다고 연신 고개를 흔드며 내일 8시에 다시 오라고 했다. 속으로 우릴 가지고 장난치는 건가 싶었지만 다른 뾰족한 수가 없었다.

다시 찾은 가게 안은 이미 공연이 시작돼 시끌벅적했다. 많은 사람들이 흥겹게 노래를 따라 부르고 춤을 췄다. 반신반의 했지만 그날은 사장을 만날 수 있었다. 우리 이야기를 듣고 사장은 갑자기 공연을 멈추게 했다. 곧이어 나에게 노래를 직접 불러 보라고 했다.

갑자기 나에게 주어진 무대는 정말 오랜만이어서 마이크를 잡는데 떨리는 진동이 느껴질 정도였다. 심장이 밖으로 나올 것처럼 쿵쾅댔다. 호흡을 가다듬고 노래를 부르려고 하는 순간 앞에 앉아 있던 사람들이 박수를 치고 환호를 보내는 것이 아닌가.

박수소리에 기운을 차려 나는 노래를 부를 수 있었다. 정말 오랜만에 들어보는 관객의 박수소리였다. 4곡의 노래를 모두 마치고 드디어 사장과 마주할 수 있었다. 다행히도 사장은 흔쾌히 앞으로 공연해 줄 것을 허락했다.

<u>10년 만에 다시 서는 무대 위에서 나는 기쁘면서도 두려운 기분을 느꼈다. 관객의 환호소리를 들을 수 있어 너무도 설레지만 너무 오랜만에 무대에 선 지라 앞으로 잘 해낼 수 있을지 불안한 마음도 들었다.</u>

그 당시 7080 라이브 까페는 전에 없던 호황기를 누리고 있었다. 연산동에서 가게를 운영하던 사장은 창원에도 분점을 냈다. 처음부터 연산동과 창원의 라이브 까페에서 공연하는 것을 계약 조건으로 내걸어 우리 부부는 전례 없이 바쁜 나날을 보냈다.

하루라도 빨리 빚을 갚기 위해 위해 남편은 차를 타고 가다가도 7080 라이브 간판만 보이면 기억해 놓았다 무작정 업소대표님께 찾아가서 출연제의를 하는 등 열심히 출연계약을 이루어냈는데 나중에 같은 업소에 일하는 사람들이 그러는데 이쪽에 아무 연고도 없이 정말 대단한 일을 하고 있다고 했다 그 결과 연산동과 창원에 위치한 업소이외도 남포동, 하단, 화명동, 언양, 양산, 마산에 있는 라이브 카페까지 공연을 다녔다.

남편과 함께 주로 공연을 다녔는데 언제나 시간에 맞추어 운전하느라 피곤함에도 불구하고 장비셋팅을 다하고 무대 한켠에 서서 기타를 메고 화음을 불러주거나 라이브 클럽에 있는 반주기의 번호를 눌러주고는 했다 하루는 옛날 버전의 노래가 나와야 했는데 랩이 들어간 최신 버전 노래가 입력돼 제대로 부르지도 못하고 야유를 받았던 적이 있다.

라이브 까페에 적응하기까지 꽤 오랜 시간이 걸렸다. 내가 이끌어 가는 무대라기보다 관객에게 맞춰서 노래를 불러야 했기 때문에 실수도 많았다. 공연 중에는 더러 신청곡을 즉석에서 받아 노래를 할 때도 있는데 내가 모르는 노래를 불러 달라고 떼를 쓰는 관객도 있었다.

"아니 어떻게 유재하 노래를 모른단 말이고, 가수 맞나?"

술에 취한 상태에서 막말을 하는 관객도 있었지만 나의 노래에 가족들의 생계가 달려 있었기에 아랑곳하지 않았다.

7080 라이브 까페에서 노래를 부른지도 어언 3년이 지날 때 즈음, 남편은 한국가요를 재해석해 나의 목소리와 조화를 이룬 앨범을 만들자고 제안했다. 너무나 고마웠다. 가수로써 한 단계 더 발전할 수 있는 계기를 만들어 준 것이다.

공연과 행사를 다니면서 남편은 틈이 나는 대로 나를 위한 곡을 만들었다. 총 12곡의 노래가 비로소 완성됐고 우리 부부는 바다새 김혜정 1집 녹음에 돌입했다. 다시 나만의 색깔을 가진 가수로 거듭날 수 있다는 희망이 보였다. 행사를 다니며 녹음도 해야 했기 때문에 체력적으로 힘들었지만 뿌듯한 마음이 더 컸다.

이 시기에는 가족들도 함께 지낼 수 있었던 터라 정신적으로도 많은 의지가 됐다. 2011년 11월 드디어 모든 녹음을 마치고 공장에서 만들어진 씨디가 오기만을 손 꼽아 기다렸다.

믿을 수 없는 일이 벌어졌다. 그 당시 남편은 학원과 녹음실을 함께 운영하고 있었다. 그런데 비오는 새벽 천장에서 샌 물이 텔레비전에 떨어져 또다시 화염에 휩싸인 것이다.

정말 말도 되지 않는 일이라 생각했다. 우리 가족들도 믿기가 어려운 상황이라 주위에서도 의도적으로 그런 것 아니냐며 흉흉한 소문이 돌았다.

거기다 천장에서 물이 샌 것은 오래 전부터 있어왔던 일이다. 여러 차례 건물주에게 보수공사를 의뢰했지만 제대로 이뤄지지 않았다. 결국 이런 사단이 날 줄 누가 알았을까.

어떻게든 다시 가정을 살려보려고 애쓴 우리 부부 앞에 이런 일이 일어나다니. 모든 노력이 수포로 돌아가는 심정이었다. 화재의 잘잘 못을 따지기 위해 어떤 조치를 취해야 하는지 우리 부부는 큰 고민에 빠졌다.

결국 우리 부부는 다시 처음으로 되돌아가 모든 것을 새로이 쌓기로 결심했다. 음악학원의 건물은 우리가 살고 있던 아파트의 주민들이 공동으로 명의를 가지고 있었다. 피해보상을 받으려면 결국 이웃 주민들과 등을 돌려야 했는데 차마 그럴 엄두가 나지 않았다.

다시 우리 부부는 바쁜 일정을 보내기 시작했다. 가수로써의 나를 알리는 것 보다 라이브 까페, 행사 등을 다니며 노래를 부르게 됐다.

두 번의 화마로 우리 가족은 또다시 경제적 궁핍에 빠질 수밖에 없었다. 이때까지 해 온 노력을 배로 해야 할 것을 생각하니 앞이 캄캄했다. 첫 번째 화재로 집이 타 버린 것과 달리 이번에는 사업을 이끌어 오던 음악학원이 사라져 이제 어떻게 빚을 갚아야 할지 막막했다.

우리 가족은 대부분의 수입을 음악학원에 의지하고 있었다. 수강생들을 가르치거나 학원에 있는 여러 장비를 통해 곡을 만들고 음악활동을 이어나갔던 것이다. 그런 학원이 불에 타 사라지다니.

우리 부부는 나의 가수활동에 집중하기로 마음먹었다. 고가의 음악장비를 다시 마련할 수 없어 최소한으로 필요한 장비만 일단 마련하기로 했다. 정말 밑바닥부터 다시 시작하는 것과 같았다. 그 상황 속에서 믿고 의지할 수 있는 것은 우리 부부 밖에 없었다.

굳게 마음을 먹고 우리 부부는 서울에 올라가 활동할 것을 결정했다. 보다 많은 사람들에게 나를 알리기 위해서였다. 참으로 아이러니하다고 느낀 것이 내가 20대에 현실적으로 가수가 되기 힘들어 꿈을 포기했었는데 이제 반대로 경제적으로 가족에게 힘이 되고자 노래를 부르게 된 것이다.

가족들과 떨어져 있어야 하는 것이 가장 큰 고통이었다. 보고 싶을 때 볼 수 없고 그리워만 했다. 어머님의 도움이 없었더라면 이렇게 서울에서 활동할 마음도 먹지 못했을 것이다. 어려운 상황 속에서 새로운 꽃망울이 피어나는 순간이었다.

서울에서 활동하기로 마음먹었지만 막상 장비도, 지낼 공간도 없는 백지 상태였다. 당장 큰 돈을 가지고 있지 않으니 보증금과 월세가 낮은 곳으로 방을 구해야 했다. 온라인으로 찾아보길 수차례, 성동구 용답동에 위치한 보증금 100만원에 월세 25만원의 반지하 원룸에서 당분간 지내기로 했다.

방이 좁아서 그나마 가지고 있는 악기를 넣을 공간조차 없었다. 결국 노래방을 하는 지인에게 부탁해 일부 장비를 맡겼다.

사실 동네는 살기 좋은 곳이었다. 용답초등학교가 근처에 있어 너무 복작거리지 않았고 정동천도 흘러 산책로가 마련된 쾌적한 곳이었다. 하지만 그 좋은 동네에서 우리가 고른 원룸 만큼은 굉장히 열악했다.

아파트에서 오랫동안 지내다 보니 단독주택, 특히 반지하의 환경에 적응하기 참 어려웠다. 우리 방문 앞에는 정화조가 불뚝 솟아 있었다. 집 밖으로 나가는 대문과 우리 방문을 가로 막고 있는 정화조는 날이 따뜻해지고 여름이 되자 심한 악취를 풍겼다. 우리 방문을 제대로 닫지 않으면 여과 없이 정화조 냄새가 방 안에 자욱하게 퍼졌다.

게다가 반지하라서 습도가 높고 갖은 벌레가 많았다. 벌레가 많아서 그런지 거미줄도 자주 생겼다. 빗자루로 천장의 거미줄을 아무리 걷어내도 금세 또 거미줄이 쳐져있었다.

겨울에는 추우니까 창문을 잘 열지 않는다고 해도 푹푹 찌는 여름 날씨에 창문을 열지 못하는 곳에 있으려니 고역이었다. 전에 살던 사람이 창문 주위를 테이프로 칭칭 둘러놨는데 알고 보니 다 이유가 있었다. 참다못해 테이프를 떼어 내고 창문을 열었더니 지저분한 풍경이 펼쳐졌다. 옆집먼지와 소음도 방 안으로 속속들이 들어와 머리를 어지럽혔다.

여름밤, 후덥지근한 열기가 가득한 방 안에 누워 굳게 닫힌 창문을 바라보고 있으면 옛날 혼자 서울에서 지내던 때가 떠올라 더 서러웠다. 그래도 지금은 남편과 함께 생활하니 그나마 낫지만 예나 지금이나 나의 처지가 그대로 인 것 같아 우울했다.

무거운 마음으로 서울에서 생활한지 한 달 정도 지났을까. 수퍼디바 제작진에게서 연락이 왔다. 내가 수퍼디바 참가를 위해 합숙소에 들어가 있는 동안 남편은 거의 폐인에 가까운 생활을 했다. 내가 집안일을 잘 하지는 못해도 남편에게 나는 함께 있으면 마음의 안정이 됐었던 것 같다. 그런 내가 없이 홀로 서울에서 지내다가 주말이면 부산 집에 돌아가 아이들을 돌봐야하니 얼마나 혼자 힘들었을까.

합숙소에서 나와 용답동 반지하 우리 원룸을 찾았을 때 방 안은 정말 입이 떡하니 벌어질 정도였다. 방 곳곳에서 컵라면 용기와 빈 참치 캔이 나뒹굴었고 벽은 먼지와 거미줄로 시커멓게 색이 바랬다.

남편은 다시 나와 함께 지내면서 안정을 찾았다. 서울과 부산을 오가며 생활한지 어언 2년이 지나서 우리는 다른 동네로 이사 할 것을 결심했다. 수퍼디바에 출연한 이후부터 많은 이들이 나의 이야기에 관심을 가져주기 시작한 것이다. 서울 곳곳의 방공사와 여러 매체에서 나를 찾았다. 참으로 다행스럽고 고마운 일이었다.

처음 서울에 빈손으로 올라와 활동을 할 때는 맨땅에 머리를 부딪치는 것처럼 힘들었다. 하지만 또다시 나에게 기회가 찾아온 것이다. 우리 부부는 새로운 거처를 알아보면서 반지하에는 절대 가지 말자고 약속했다. 그렇게 해서 고르고 골라 천호동의 암사역 근처 오피스텔로 서울 거처를 옮겼다.

새로 이사한 곳은 지은 지 좀 오래된 건물이었지만 무엇보다 5층이어서 햇빛도 잘 들고 창문을 열어 바깥을 볼 수 있었다. 전에 살던 반지하 원룸보다 공간도 여유가 있어서 우리 부부는 이곳을 어떻게 활용하면 좋을까 고민했다.

남편은 한 가지 방법을 내놓았는데 바로 작업실 겸 생활공간으로 쓰는 것이 어떻겠냐고 말했다. 당장 노래를 연습하고 음악 작업을 할 곳이 없었던 터라 서울에서 좀더 활동하기 위해서는 우리 부부에게 작업실이 중요했던 것이다.

그렇게 해서 두 번째 서울의 거처에는 남편이 조립해서 만든 녹음실과 음악 작업이 가능한 장비를 두게 됐다. 남편은 어디선가 녹음실을 만드는 재료를 사와서 혼자 뚝딱뚝딱 며칠 동안 녹음실 만드는 일에 매진했다. 2중으로 입구를 만들고 녹음실 안에도 방음자재를 덧붙여 나름 꼼꼼하게 작업한 결과, 우리들만의 멋진 녹음실이 완성됐다. 이제 노래연습과 음반 녹음을 집에서도 할 수 있어 큰 발전을 이룬 셈이었다.

아무것도 없이 맨몸으로 시작한 서울 생활에서 이렇게 많은 것을 얻을 수 있을 줄 상상도 하지 못했다. 많은 사람들의 관심과 응원, 그리고 우리 남편 마봉진의 노력이 없었다면 지금의 결실도 보지 못했을 것이다.

삶에는
정석이 없더라

사람들은 마음먹은 대로 인생이 흘러가길 바란다. 생각했던 대로, 계획했던 대로. 나는 어렸을 때부터 지금까지 가수의 꿈을 놓은 적이 없었다. 하지만 가수가 되기 위한 정규과정이나 레슨을 받아본 적은 없었다.

  사람들은 저마다 꿈을 안고 살아가는데 자신의 꿈을 이루기 위해 수많은 부수적인 것들을 갖추려고 노력한다. 좋은 선생님, 좋은 환경, 좋은 친구, 거기다 좋은 부모님까지.

  인간은 환경의 영향을 직접적으로 받는 동물이기 때문에 나 자신을 둘러싸고 있는 좋은 환경을 만들기 위해 끊임없이 노력한다. 하지만 한 가지 간과하는 것이 있다.

  아무리 좋은 환경에 있더라도 자신 스스로 최고의 열정을 가지고 살아가지 않는다면 자신의 환경은 최고로 좋은 들러리에 불과하다. 인생의 주인공은 나 자신 스스로가 되어야 하기 때문이다.

  지금의 나 역시도 남들이 말하는 소위 갖추지 못한 삶을 살아가고 있다. 준영이는 아직 많이 아프고, 나의 가수 생활 또한 이제 막 새로운 계단을 오르려는 수준이다. 게다가 경제적으로도 많은 빚이 남았다. 남이 보기에 나는 아직도 많이 부족한 삶을 살아가고 있다.

  하지만 나는 행복하다. 주위에서 아무리 부족하다고 말해도 스스로 만족할 수 있는 삶을 살고 있으니. 마음이 행복한 사람이 진정한 부자라고 하지 않던가. 많은 것을 갖춰야 비로소 행복한, 완벽한 삶이라고 말한다면 반대로 그렇지 못할 때 얼마나 자신이 작아질까.

나의 환경을 견고한 성벽처럼 단단히 쌓아 올리는 것 보다 나의 마음을, 내 꿈을 향한 열정을 식지 않고 타오를 수 있도록 노력하는 것이 건강한 삶을 사는 하나의 방법이 될 거라 믿는다.

자신을 채우지 않고 주변을 화려하게 만드는 사람의 허무함은 마치 아무리 물을 부어도 채워지지 않는 깨진 항아리와 같다. 내 스스로 채울 수 있는 것은 오직 나 자신밖에 없으니 말이다.

정해진 틀에 나 자신을 맞추는 것은 참 고독한 일이다. 나와 타인은 살아온 인생이 전혀 다른데 똑같은 형식에 빗대어 들여다보다니. 옛날의 나 역시 나의 삶과 다른 이들의 삶을 비교했었다. 왜 나는 남들처럼 평범한 삶을 살지 않았을까. 남들이 말하는 안정된 삶을 살기 위해 노력하지 않았을까.

사람마다 자신만의 가치와 행복이 있다. 나에게 가장 큰 가치는 가수가 되는 꿈이었다. 그 꿈을 이루고 또 좌절하며 나는 후회했다. "나는 왜 이렇게 살았지"하고 자문했다. 하지만 곧 어두운 시절을 지나 내게 행복이 찾아왔다. 사람을 통해 느끼는 행복, 지금에서야 내가 생각하는 가장 큰 보물은 '사람'이다.

사람은 살아가면서 수없이 고뇌하고 시련과 부딪친다. 그럴 때마다 '내 인생은 왜 이렇지' 후회할 수는 없는 노릇이다. 자책하는 것보다 다시 한 걸을 디디기 위해 숨을 고르고 마음을 추스르는 것이 몸에도 좋고 정신에도 좋은 일이 아닐까.

인생은 어디로 튈지 모르는 바람이 단단하게 들어간 공 같은 거니까. 마음먹은 대로 되지 않았다고 모든 것을 포기하는 일은 앞으로 찾아올 행복마저 놓아버리는 일이다.

나 역시 현재의 나를 사랑하기까지, 애정을 가지기까지 오랜 시간이 걸렸다. 그리고 혼자 깨달은 것이 아닌 나를 진심으로 아껴주는 이들을 통해, 사람으로 인생을 배워갔다.

나의 남편은 내 인생 가장 큰 조력자다. 아무리 내 주위에 일어난 일에 연연하지 않으려, 사람들의 시선에 휘둘리지 않으려 해도 약한 마음 때문에 괴로워한 적도 많다. 그때마다 나의 남편은 마음 깊은 곳까지 나를 다독여 준 은인이다.

좋은 사람은 상대방에게 힘을 준다. 쓰러져 있을 때, 삶의 시련에 주저 앉아있을 때 내 손을 잡아 나를 일으켜주는 이. 남편이 없는 나의 삶은 상상하기 어렵다. 힘든 현실을 마주하고 내가 바로 걸어 갈 수 있도록 힘이 돼준 남편이 참 고맙다.

소소한 생활에서 뿐만 아니라 남편은 나의 가수활동 재기를 전폭적으로 지지해준 든든한 지원군이다. 남편은 옛날 학교시절 밴드와 작곡활동을 꾸준히 해옴으로써 실용음악을 전공으로 음악적 감각이 뛰어나다. 7080 라이브 까페를 통해 내가 다시 무대에 올랐을 때도 남편은 틈틈이 나만의 노래를 작곡해 진정 내가 가수로 거듭날 수 있도록 물심양면으로 도왔다.

현재는 각 지방을 바쁘게 순회하는 일정에서도 매니저를 자처하며 온갖 궂은일을 도맡아 한다.

한 번씩 남편의 얼굴을 지그시 바라보면 세월의 흔적과 삶의 피로가 곳곳에 묻어있는 듯 해 마음이 아프다. 하지만 겉으로 고맙다는 말도 쑥스러워 잘 하지 못한 것이 항상 미안했다.

정해진 길을 따라가는 인생의 비행이 아닐지라도 든든하게 함께 날아갈 수 있는 가족이 있어 두렵지 않다. 생각했던 궤도에서 벗어난 다 해도 충분히 비행을 즐길 수 있음을 말하고 싶다.

누가 뭐라 해도 내가 지나온 길, 그리고 내가 지나갈 길을 진심으로 사랑하는 것. 그 길이 아무리 힘들다 해도 스스로 아끼고 보듬는 것이 진정한 삶의 행복 아닐까.

정해진 길을 따라가는
인생의 비행이 아닐지라도
든든하게 함께 날아갈 수 있는
가족이 있어 두렵지 않다.
생각했던 궤도에서 벗어난다 해도
충분히 비행을 즐길 수 있음을
말하고 싶다.

세상에서
가장 큰 보물

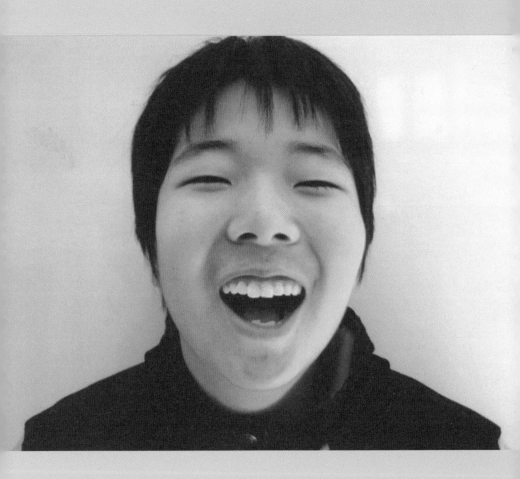

사랑을 받아 본 사람이 다른 이에게 사랑을 주는 법도 안다. 사람으로부터 따뜻한 배려, 가슴 벅찬 행복을 느껴본 사람은 사람과 함께 하는 것이 얼마나 소중한 것임을 안다. 철없던 내가 가정을 꾸려 가족과 함께 생활하고 있는 지금, 비로소 나는 사랑을 주는 방법을 조금씩 배우고 있다.

준영이가 다른 아이들보다 특별하다는 것을 깨닫고 준영이를 있는 그대로 바라보고 받아들이기까지 오랜 시간이 걸린 듯하다. 처음 준영이의 상태를 알게 됐을 때 나는 그럴 리가 없다고, 사실이 아니라고 현실을 부정했다. 하지만 현실을 외면하려 할수록 나는 스스로 움츠러들었고 자책과 비관적인 생각들 때문에 힘겨워했다.

준영이가 커가면서도 나는 어떻게든 준영이를 낫게 해서 다른 아이들처럼 평범하게 정상적으로 지낼 수 있길 바랐다. 어느 부모가 자식이 힘든 길을 가길 바라겠는가. 내가 생각하는 준영이의 미래는 너무나 암담해 보였다. 아끼기 때문에 내 자식이기 때문에 더 잘 되길 바라는 마음이 컸다.

하지만 결국 나의 이기적인 마음은 준영이를 위한 것이 아닌 나 자식을 위로하기 위한 것이었음을 깨달았다. 준영이가 초등학교에 들어갈 때 특수학교로 가도록 했다면 지금의 준영이는 어떤 모습으로 있을까. 억지로 일반학교에서 공부하며 움직이지 못하게, 소리치지 못하게 가둬 놓은 것은 누굴 위한 일이었을까. 스스로 많은 생각이 교차했다.

시간이 흐를수록, 준영이와 함께 있는 시간이 많아지면서 나는 준영이를 똑바로 바라보게 됐다. 준영이가 무엇을 좋아하는지, 언제 기쁨을 느끼는지, 무엇을 싫어하는지 준영이의 시선으로 사물을 보는 것에 집중했다.

준영이는 소리에 예민하다. 싫어하는 소리는 지나가는 자동차 경적 소리, 떠드는 사람들 등 온갖 사물이 내는 잡음 등이다. 특히 준영이는 기분이 좋지 않을 때 이런 소리를 들으면 참지 못하고 싫은 감정을 폭력적으로 분출했다.

반면 노래나 음악을 듣는 것은 굉장히 좋아한다. 음악 씨디나 클래식을 들을 때도 편안해 보이고 내가 노래를 부를 때도 곁에서 몇 시간이고 들어준다. 그럴때면 준영이가 나의 노래를 듣고 내 마음을 헤아려 준 것처럼 마음이 뿌듯했다.

그리고 텔레비전에서 내가 나오면 준영이는 뚫어져라 자리를 지키고 방송을 본다. 무대에 선 엄마의 모습이 낯설지도 않은지 방송이 끝나고 나서도 더 보고 싶다고 조른다.

한 번은 내가 공연에 참가하기 위해 문을 나서는데 준영이가 자기도 가겠다고 따라 나선 적이 있다. 워낙 무대 소리가 크다보니 나는 준영이가 불안해하지 않을까 걱정이 됐다. 그래도 엄마가 노래하는 모습을 직접 보여주고 싶은 마음도 컸기에 함께 공연장으로 향했다. 다행히 준영이는 내가 노래 부르는 모습을 잘 지켜봐줬다.

준영이에게 가족의 관심이 상대적으로 집중되다보니 둘째 무영이를 제대로 못 챙겨준 것 같아 항상 죄책감과 미안한 마음이 들었다. 그럼에도 무영이는 씩씩하게 잘 자라줬다.

준영이와 무영이를 키우면서 두 아들이 서로 우애 있고 가깝게 지내기를 바랐다. 무영이는 6살 되던 해 나에게 이렇게 물었다. "엄마, 형 왜 저래?" 그 말 한 마디에 억장이 무너져 내렸다. 무영이가 자기 형의 아픔을 눈치 챈 것이다. 언젠가는 꼭 지나야 할 일이지만 막상 현실로 닥쳐오니 마음이 무거웠다.

"무영아, 형이 아파. 그래서 무영이가 형을 잘 돌봐 줘야해~"

무영이는 둘째지만 집안 환경 때문인지 듬직하게 자랐다. 몸이 안 좋아도 아프다고 먼저 말하지 않고 필요한 물건이 있어도 사달라고 조르질 않았다. 오히려 또래보다 훌쩍 커버린 성숙한 무영이를 보며 우리 부부는 아픈 가슴을 쓸어 내려야 했다.

제대로 챙겨주지 못해 미안한 마음이 크지만
우리 가족은 서로를 위하며
아름다운 화음을 만들고 있다.
작은 돌맹이라고 할지라도
그것을 보석이라고 믿으면
그 돌맹이는 보석보다 더한 가치를 가지게 된다.
그러한 돌맹이를 가진 이 또한 살아감에 있어
큰 힘을 얻는 것이다.
나는 우리 가족이 세상에서 가장 큰 보물이다.

제대로 챙겨주지 못해 미안한 마음이 크지만 우리 가족은 서로를 위하며 아름다운 화음을 만들고 있다. 작은 돌맹이라고 할지라고 그것을 보석이라고 믿으면 그 돌맹이는 보석보다 더한 가치를 가지게 된다. 그러한 돌맹이를 가진 이 또한 살아감에 있어 큰 힘을 얻는 것이다. 나는 우리 가족이 세상에서 가장 큰 보물이다.

이런 마음을 담아 남편 마봉진은 '모두 다 주고 싶다'를 작곡했다. 첫 번째 화재가 나고 난 뒤 한창 빚을 청산하기 위해 분주하게 라이브 무대를 다니던 때였다. 경제적 어려움이 우리 가족을 덮친 상황에서 준영이의 상태는 더욱 악화돼 갔다. 당장 식비가 없어 절절 매는데 준영이의 치료를 위해 돈을 쓸 수 없었다. 너무나 가슴이 아팠다. 우리 부부에게는 둘도 없이 소중한 아이들인데 해줄 수 있는 것이 아무것도 없다니. 준영이와 무영이를 보고 있는 것만으로도 눈물이 왈칵 쏟아졌다.

남편은 이때의 심정을 노래로 풀어냈다. 갑자기 새벽에 눈을 뜨더니 곡을 쓰기 시작했다. 정말 사랑하는데 해줄 수 없는 아무것도 없는 부모의 심정을 곡에 담았다. 남편의 그런 마음을 아는 만큼 처음 노래를 부를 때 가슴이 미어졌다.

'모두 다 주고 싶다'는 '이것 밖에 줄 것이 없다'라는 제목으로 만들어졌다. 부모로써 줄 것이 이 노래밖에 없다는 마음을 담았기 때문이다.

어느 날 모 방송국에서 마음을 다독이는 음악을 주제로 한 프로그램을 촬영하기 위해 취재팀이 우리집을 방문한 적이 있다. 프로그램

PD님은 우리 이야기를 듣고서 준영이도 노래를 한 번 불러 보는 것이 어떻겠냐고 제안했다.

더듬더듬 입을 열어 음을 이어가기 시작하는 준영이를 보면서 우리 부부는 놀라지 않을 수 없었다. 준영이가 부른 노래는 '모두 다 주고 싶다'였다. 처음부터 끝까지 자신이 외우고 있는 가사를 느리지만 잔잔히 불러나갔다. 준영이의 노래를 듣고 나와 작은아들 무영이는 끝내 눈물을 보였고 단 한번도 배운적 없는 노래를 외워서 부르는 준영이를 보고 남편은 아파트 복도 끝으로 가서 정말 엉엉 울었다고 한다. 우리의 마음을 알지 못할 것이라 생각했던 준영이가 그 노래를 외우고 있다니. 준영이와 우리 사이에 보이지 않는 따스한 연결고리가 선명하게 가슴에 느껴졌던 때였다.

잘 알지도 못하면서

나는 준영이의 장애, 경제적 어려움 때문에 많이 위축됐던 시절이 있다. 그 당시 나는 7080 라이브 까페를 통해 다시 무대생활을 시작했고 남편은 나의 매니저 역할을 맡고 있었다.

나의 사연이 주위에 알려져 장애인총연합회 홍보대사를 맡게 됐다. 그 때가 2010년 이었다. 부산에서 열리는 총연합회 행사에 참가하다보니 장애인과 관련된 행사요청이 많이 들어오기 시작했다.

어느 날 전라도 광주에서 장애인 관련 공연을 진행하는데 와줄 수 없겠냐는 전화를 받았다. 거리가 꽤 멀었고 날씨도 추웠던 터라 공연을 거절하고 싶었다. 하지만 당시 나의 이름을 많이 알리고자 참가를 결정했다.

공연 당일, 나와 남편은 아침 일찍부터 서둘렀다. 행사 주제가 장애인과 관련된 만큼 준영이도 함께 가는 것이 좋겠다고 판단돼 준영이도 함께 길을 나섰다.

광주까지 가는 길이 예상보다 막혀 애를 먹고 있는데 엎친 데 덮친 격으로 폭설까지 내렸다. 1시간 새에 눈은 자그마치 30cm가 넘게 쌓여 광주를 코앞에 두고 우리가 타고간 자가용은 눈에 파묻혀 말을 듣지 않았다.

눈보라가 무섭게 몰아치는 밤, 우리 세 명은 추위에 떨면서 보험차를 기다렸다. 우여곡절 끝에 행사장에 도착했는데 우리가 예상했던 공연과 완전 달랐다.

장애인총연합회와 연관된 기관에서 주최하는 행사인줄 알았는데 알고 보니 광주에 놀러온 관광객을 대상으로 열리는 공연이었다. 이

씨는 놀래서 멍하게 서있는 우리에게 아랑곳 않으며 자기에게 기가 막힌 아이템이 있다고 앞으로 같이 공연할 것을 제안했다. 제대로 확인하지 않은 통에 깜박 속은 것이다.

제대로 공연도 하지 못하고 시간만 낭비한 것이 후회스러웠다. 문제는 그것으로 끝이 아니었는데 폭설에 파묻힌 차를 수리점에 맡겼는데 부산으로 내려가야 할 시간이 다 돼서도 끝날 기미가 보이지 않았다. 할 수 없이 우리는 고속버스를 타고 내려가기로 택했는데 그것이 또 화근이 됐다. 준영이는 용변이 마려울 때 잘 참지 못하는데 버스에 타고 나서 배탈이 난 것이다.

"배…배…"

"응? 준영아 화장실 가고 싶어?"

"배… 배!"

배가 그냥 아픈 건 줄만 알고 다음 휴게소에 도착하면 조치를 취하기로 했다. 아뿔사, 그냥 배탈이 아니라 설사가 마려운 것이었다. 준영이는 평소 때나 다급할 때나 어조에 변화가 없기 때문에 이 아이가 얼마나 위급한 상황인지 알아채기 어려운 적이 많았다.

얼마 지나지 않아 버스 안은 심한 악취로 가득 찼고 참다못한 승객들은 하나 둘 원성을 터트리기 시작했다. 참으로 암담한 상황이었다. 버스 밖은 −5도로 칼바람이 휘몰아쳤다. 갈아 입힐 옷이 마땅치 않아 급히 구한 휴지로 준영이를 닦아낼 수밖에 없었다.

준영이를 곱지 않은 시선으로 바라보는 타인은 그렇지 않은 사람의 수보다 훨씬 많다. 처음에는 그 시선을 견뎌내는 것이 정말 힘들었다. 나와 다르다고 마치 피해야 하는 나쁜 것인 양 준영이를 대하는 그들의 태도는 나를 큰 우울에 빠트렸다.

대부분의 사람은 편 가르기를 좋아한다. 그들만의 잣대로 내 편과 내 편이 아닌 자를 가려내어 편에 들어가지 못한 이를 철저히 배타시킨다.

준영이가 학교에 다닐 때 속상한 이야기를 가장 많이 들었다. 그 집 아들이 바보라면서, 아이가 좀 모자란다면서요, 우리 애랑 못 놀게 해야 겠네 등등. 준영이 잘못으로 그렇게 된 것이 아닌데 준영이가 욕을 먹는 것이 정말 부당하게 느껴졌다. 너무 억울했다. 모두 앞에 서서 큰 소리로 외치고 싶었다.

"준영이는 해를 끼치지 않습니다. 준영이는 그 어느 누구보다 순수하고 착합니다. 준영이를 욕하지 말아주세요"

대수롭지 않게 내 뱉은 말 한마디에 많은 사람이 울고 웃는다. 작은 친절이 어떤 이에게는 온 마음을 다해 보답하고 싶을 만큼 감동을 주기도 한다. 꼭 물리적으로 피해를 가하고 물질적으로 도움을 주는 것이 악행과 선행이 아니다. 사소한 말 한마디가 날이 선 칼이 되어 상대방의 가슴에 꽂힐 수도 있다.

장애아를 자녀로 둔 많은 부모들이 나와 같은 고민을 안고 살아가고 있다. 자립해서 생활하기 힘든 자녀를 받아 줄 위탁시설이 충분치 않기 때문이다. 장애인부모연합회나 그런 모임에 참석하면 앞으로의 미래를 걱정하는 부모들이 호소하며 눈물을 흘린다.

게다가 장애 증상이 심할수록 시설에서는 아이를 위탁하지 않으려 하기 때문에 부모들은 그저 답답한 가슴을 쥐어짤 뿐이다. 한 중증 장애아의 부모는 시설 원장에게서 이런 이야기를 전해 들었다고 한다.

"자녀를 시설에 맡기고 싶으시면 5억을 기부하시고 매달 200만원 생활비를 부치십시오"

돈이 없는 장애인은 어떻게 살아가란 말인가. 아직까지 너무나 많은 치들이 장애인을 돈벌이의 수단으로 여기고 이용하려 들고 있지 않은가.

지금은 부모들이 모두 자녀를 보살피지만 자녀가 커 갈수록 부모들도 나이를 먹는다. 그 당연한 자연의 이치가 장애아를 가진 부모들은 너무나 무섭고 두려운 것이다. '우리가 나이 들면 저 아이는 누가 보살펴주나' 장애아를 가진 부모들의 가장 큰 고민이다.

한국에서 장애아를 가진 부모로 살아가는 것은 너무나도 감내하고 이겨내야 할 것이 많다. 장애아를 바라보는 타인의 시선, 장애아가 바깥에서 생활할 수 있는 장비 여건, 치료받을 수 있는 시설 등 넘어야 할 산이 한 두 개가 아니다.

녹록치 않은 현실 앞에 우리 가족들의 결집력은 보다 강해졌다. 서로가 무엇 때문에 힘든지 말하지 않아도 알 수 있었고 어떻게 위로하면 좋을지 고민했다. 내가 힘들 때 묵묵히 내 옆에서 응원해주고 기운을 북돋아준 나의 가족이 있어 살아갈 힘을 얻는다.

준영이 잘못으로 그렇게 된 것이 아닌데
준영이가 욕을 먹는 것이 정말 부당하게 느껴졌다.
너무 억울했다.
모두 앞에 서서 큰 소리로 외치고 싶었다.
"준영이는 해를 끼치지 않습니다.
준영이는 그 어느 누구보다 순수하고 착합니다.
준영이를 욕하지 말아주세요"

가족과 함께 이룬 꿈,
슈퍼디바

"고개 떨구며 사랑 앞에 난 또 서있다"

수퍼디바 4강전에서 부른 '사랑 그 놈'. 준영이가 가장 좋아하는 노래다. 수퍼디바는 잊고 있던 나의 꿈을 다시 상기시켜준 티비 프로그램이다. 내가 수퍼디바의 무대에서 노래할 수 있었던 것은 바로 우리 가족이 있기 때문이다.

어느 초겨울 창문에 김이 뿌옇게 서려있던 때, 한 통의 전화를 받았다. 노래로 일상을 바꾼다는 주제로 주부 오디션 프로그램에 참가할 수 있겠느냐는 제안을 전해 들었다.

'주부 노래 오디션?'

집에 돌아온 남편과 한참을 고민했다.

"여보, 주부 오디션 프로그램이라 카던데.."

"당신은 가순데 우째 오디션 프로그램에 나가노"

"그래도 노래 코치도 받고 대결도 한다 카던데.."

이미 가수로써 활동 경험이 있는 내가 가수 오디션 프로그램에 출연한다니 아이러니한 상황이라고 생각할 수 있었다. 하지만 내 생각은 달랐다. 티비 프로그램에 나와 많은 대중 앞에서 노래할 수 있다니. 절호의 기회가 아닐까 가슴이 두근거렸다.

새로운 도전에 임한다고 생각하니 예전 가요제에 진출할 때처럼 마음이 설 다. 하지만 참가기간 동안 가족들과 떨어져 있어야만 했기 때문에 쉽사리 결정할 수가 없었다.

"여보, 준영이랑 무영이는 내가 잘 돌볼게. 걱정마라"

"어떻게 걱정 안하노.."

"그래도 이거는 정말 기회인거 같다. 너무 걱정마라"

가족들을 볼 수 없다는 생각과 나 때문에 남편과 어머님께서 고생하실 것을 떠올리니 눈시울이 붉어지고 죄스런 마음이 들었다. 프로그램 촬영과 합숙까지 합치면 3개월 간 가족을 제대로 만날 수 없는 거였다. 남편의 응원이 없었다면 나는 프로그램에 참가하지 못했을 것이다. 어렵게 결정한 만큼 꼭 보란 듯이 우승하겠다는 마음을 먹고 프로그램 예선에 참가했다.

예선에 참가하기 위해 스튜디오에 갔을 때 정말 많은 사람들이 차례를 기다리고 있었다. 모두들 주부생활을 하면서 노래에 관심 많은 이들인데 예선을 앞두고 팽팽한 긴장감을 느꼈다.

내 차례가 되자 무슨 일이 있어도 꼭 붙어야 한다는 마음이 앞섰다. 그날 부른 '모두 다 주고 싶다'는 어느 때보다 진지한 마음을 갖고 불렀다. 노래를 마치고 기진맥진 해져 참가자들을 둘러보는데 이 프로그램이 정말 주부 오디션이 맞나 싶을 정도로 젊어 보이고 예쁜 여자가 많았다. 실력도 수준급으로 왕년에 노래를 꽤나 불렀다는 전국의 주부들이 모두 한 곳에 모인 것 같았다.

"잘 불렀나? 어땠노? 합격했나?"

남편은 나보다도 더 수퍼디바에 열성적이었다. 어떻게 노래 불렀는지, 어떤 참가자들이 있었는지 꼬치꼬치 물었다. 예선을 마치고 난 뒤 나는 어쩐지 좋은 예감이 들었다. 무엇보다 다시 대중 앞에서 노래를 할 수 있다는, 내 노래가 평가 받을 수 있다는 가능성에 들떴다.

"네, 김혜정씨 예선 통과입니다"

예선에서 합격했다는 소식을 듣고 뛸 듯이 기뻤다. 제일 먼저 남편에게, 그 다음 준영이와 무영이 그리고 나의 가족들에게 합격했다고 전할 때 나의 목소리는 크게 격앙됐다.

본선이 진행될수록 참가자들의 열의는 대단했다. 모두들 노래에 대한 사랑이 넘쳤다. 마음을 담아 노래하는 그들의 모습을 보면 나 스스로도 더 박차를 가할 수 있었다.

노래를 연습하는 시간은 하루 24시간 중 거의 7시간 넘게 진행됐다. 본선 진출곡을 연습할 때도 연습시간이 너무 길어 행여나 목이 상할까봐 제대로 고음을 지르지 못했던 것이 못내 아쉬웠다.

<u>무언가에 열정적으로 도전하는 이에게서는 남다른 에너지를 느낄 수 있다. 그 에너지는 사람을 타고 흘러가 많은 이들을 전염시키는 것 같다. 참가자들의 연습장을 본이들은 한 결 같이 이런 말을 했다. '프로보다 더 프로 같은 아마추어들' 나 역시 예전 가수의 오래된 틀을 벗고 새로운 나에 도전하기 위해 안간힘을 썼다.</u>

계속되는 경쟁에도 참가자들은 지친 내색이 없었다. 50명의 도전자에서 이제 30여명의 참가자들만이 남아있었다. 다음 스테이지로 가기 위해 32명을 선발하는 경쟁이 다시 시작됐다. 32강부터는 합숙, 개인레슨 등 노래실력을 향상시키기 위한 여러 가지 프로그램이 준비됐다. 32강에 내가 들어가면 얼마나 기쁠까, 우리 가족들은 얼마나 좋아할까. 활짝 웃는 준영이 얼굴이 눈에 아른거렸다.

"김혜정씨, 아쉽지만 탈락입니다"

드림리그를 눈앞에 두고 탈락이라니. 믿어지지 않았다. 어떻게든 남고 싶었는데 또다시 좌절감을 맛보는 것이 너무나 괴로웠다. 다시 부산으로 내려가는 발걸음이 차마 떨어지지 않았다. 어떻게 한 다짐인데, 정말 최선을 다했다고 여겼는데 이렇게 떨어지다니 믿고 싶지 않았다.

부산에 내려와 집에 도착했을 때 가족들은 내가 마음 상해할까봐 제대로 이야기도 하지 못했다. 준영이와 무영이도 많이 아쉬웠을 텐데 나에게 내색 한 번 하지 않았다. 맥이 빠진 사람처럼 실망을 안고 지내던 중 믿기 어려운 소식을 들었다.

32강에 진출한 참가자 중 한 명이 집안 사정 때문에 합숙훈련이 불가하다는 것이다. 결국 그 참가자는 중도에 하차하게 됐고 33등을 했던 내가 그 자리에 들어가게 됐다.

꿈만 같은 소식이었다. 신께서 정말 내 소원을 들어 준 것만 같았다. 그렇게 고대하던 드림리그에 참가할 수 있다니. 감개무량했다.

32강부터는 드림리그라고 불리며 참가자들이 토너먼트 식으로 노래 배틀을 붙었다. 참가자들도 실력파로 추려졌을 뿐만 아니라 진행 방식도 보다 엄격해졌다. 참가자들은 일체 합숙장소에서 휴대폰 사용을 할 수 없었다. 이것이 가장 힘들었다. 아이들의 사진도 볼 수 없고 목소리도 들을 수 없다는 것이 가혹했다.

그리고 노래 레슨과 더불어 신체 관리 프로그램도 함께 진행됐다. 신체 관리 프로그램은 체중 감량이 필요한 참가자와 근력 향상이 요구되는 참가자로 나뉘어 운동했다.

정말 유명 가수와 같은 훈련과정을 직접 받는 기분이었다. 견디기 힘든 고강도 프로그램이었지만 스스로 나의 노래와 체력이 좋아지는 것을 금세 눈치 챌 수 있었다.

"덤벨은 이렇게 드는 게 더 편해요"

한창 근육운동을 하고 있는 나에게 누군가 말을 걸었다. 시원시원한 이목구비의 그녀를 본 순간 나는 호감을 느꼈다. 그녀의 이름은 김민영으로 폭발적으로 랩을 쏟아내는 실력파였다. 김민영은 나보다 나이가 어렸지만 듬직하고 항상 상대방을 배려하는 친구였다.

마음 맞는 이와 함께 같은 목표를 향해 노력하는 일은 참 멋진 일이다. 서로의 어려움을 위로해주고 기운을 주는 존재는 어떤 난관 속에서도 길을 잃지 않고 나아갈 수 있는 힘을 준다. 김민영과 나는 기실에서 같이 잠들고 밥도 같이 먹으며 합숙기간 동안 동고동락하며 지냈다. 그와의 인연은 아직까지도 이어오고 있다. 콘서트와 행사가 있을 때마다 이유 불문하고 찾아와 공연을 도와주는 그는 정말 든든한 지원군이다.

합숙기간 동안 딱 두 번 가족들을 볼 기회가 있었다. 서울까지 올라와 나를 응원해준 준영이와 무영이는 오랜만에 만난 만큼 아이들처럼 기뻐했다. "엄마~!"하고 소리치며 달려오는 두 아들을 보니 가슴 한 쪽이 찡하게 울렸다. 엄마의 정이 필요한 어린 아이들을 놔두고 떨어져 지내는 것이 참 가슴 아팠다.

가족과의 짧은 면회시간을 마치고 다시 합숙실로 돌아오니 먹먹한 가슴을 이루다 말할 수 없었다. 당장 달려가 아이들을 품에 안고 싶은 생각이 간절했다. 그렇게 가족들이 그리운 날이면 눈물을 흘리며 잠을 이루지 못했다.

어제의 슬픈 마음은 오늘의 태양을 보며 쓸어내렸다. 여기까지 온 이상 정말 우승하고 싶은 마음이 컸다. 예전의 가수 김혜정에서 좀 더 발전된 나를 찾고 싶었다.

그런 의미에서 수퍼디바는 내게 참 값진 프로그램이다. 심사위원으로 참가한 인순이 선배님, 주영훈 작곡가, JK김동욱, 호란은 날카로우면서도 참가자들을 독려하는 심사평을 아끼지 않았다. 특히 인순이 선배님이 주신 평가는 아직까지 잊혀 지지 않을 정도로 마음에 와 닿았다.

무엇보다도 수퍼디바는 주부들의 노래 실력을 겨루는 것이 주요 내용이었지만 각 참가자들의 사연이 함께 어우러진 것이 장점이었다. 참가자들은 저마다 마음의 멍울을 가지고 있었으며 가슴 저미는 사연들은 노래와 함께 시청자들에게 전달됐다. 많은 이들이 눈물을 보였다. 엄격하고 냉철하게 노래를 평가했던 심사위원들도 쉽게 꺼낼 수 없었던 참가자들의 이야기를 듣고 눈물을 뚝뚝 흘렸다.

나의 사연 역시 많은 대중에게 알려졌다. 많은 이들이 나의 아픔에 공감해주는 것이 너무나도 고마웠다. 참가자들 역시 녹록치 않은 현실의 어려움을 가지고 있음에도 불구하고 모두들 다른 이의 아픈 사연에 함께 슬퍼하고 눈물을 흘려주었다.

그렇기에 수퍼디바는 단순히 노래를 겨루는 오디션이 아닌 사람과 사람 간의 감정을 공유하고 그 아픔을 노래로 승화시킨 사람들의 아름다운 변화를 오롯이 보여준 뜻 깊은 프로그램이었다.

아픔과 시련을 공유하는 것과 더불어 수퍼디바는 내가 가수로써 한 단계 더 나아갈 수 있는 뒷받침 역할을 해줬다. 7080 라이브 까페를 통해 무대에 다시 서게 됐지만 나는 한 번도 제대로 보컬 트레이닝을 받은 경험이 없었다. 가수 경험이 없는 다른 참가자들과 마찬가지로 호되게 혼나기도 하고 나만의 발성법을 더욱 강화하는 즐거움을 맛보았다.

사실 어떤 분야에서 성장을 한다는 것은 그 만큼 큰 고통을 인내하는 것을 의미하는 것 같다. 좀 더 성숙하고 멋진 목소리를 내기 위해 나는 보다 더 노력해야 함을 깨달았다.

8강 죽어도 사랑해를 연습할 당시엔 모든 것을 내려두고 오직 준영이와 이 노래만을 생각했다. 준영이를 향한 내 마음을 노래에 담아 부르기 위해 노래를 반복해서 듣고 또 들었다. 온종일 이어폰을 꽂고 노래를 들었는데 준영이와 함께 걸어온 길이 노래와 함께 펼쳐졌다. 북받쳐 오르는 감정을 그대로 표현하고 싶었다.

하루는 합숙실 근처 강화대교를 거닐며 노래를 듣고 있었다. 다리 중간에 멈춰 강물을 쳐다보며 감정에 푹 빠졌다. 얼마 간 멍하니 강을 바라보고 있는데 내 주위를 경찰차가 에워싸는 게 아닌가! 강화대교 아래를 뚫어져라 보고 있는 내가 자살을 결심한 것으로 착각한 한 주민이 경찰에 신고를 한 것이다. 한참 경찰아저씨에게 설명을 하는데 웃음을 참느라 혼이 났다.

대회에 참가하면서 준영이 생각이 가장 많이 났다. 준영이와 함께 하면서 어려움도 많았고 시련도 있었는데 되돌아보면 가슴 깊이 뭉클한 기쁨과 즐거움이 많았던 것이다. 당시에는 힘든 점만 눈에 보여 현실을 원망한 적이 많았다. 한 발짝 물러나 돌이켜보니 준영이를 통해 받은 감동은 실로 큰 것이었다.

나는 대회에 임하면서 우승을 꼭 하고 싶다는 염원은 있었지만 실제로 4강까지 진출할 수 있을 것이라 알지 못했다. 많은 사람들의 성원과 심사위원들의 격려 그리고 가족의 사랑이 없었다면 이루지 못할 일이었다.

최후의 4인까지 올랐을 때 그 무대는 내게 엄청난 영감을 불러 일으켰다. 4강에서 내가 보여준 무대는 실로 내가 오랫동안 꿈꿔온 정말 꿈에서 그리던 무대였다. 그 곳에서 노래를 부를 수 있었다는 것 자체로 너무나 행복했다. 4강에서 떨어진 것이 아쉬웠지만 그 무대만큼은 내 생애, 가수 김혜정으로써 환하게 빛날 수 있었던 자리였다.

바다새,
다시 힘찬 날개짓

수퍼디바에 출연하고 난 뒤부터 나와 우리 가족의 이야기를 궁금해 하는 분들이 많아졌다. 방송의 힘을 다시 한 번 실감할 수 있었다. 수퍼디바는 다른 사람의 아픔을 공유하고 작은 도움을 나누는 계기를 만들어줬다.

다양한 텔레비전 프로그램으로부터 출연 의뢰를 받기 시작했다. 스타킹, 강연100℃ , 다큐 덤벼라 인생, 좋은 아침, 등 여러 가지 프로그램을 통해 내가 지나온 길을 이야기했다. 많은 이들이 나의 아픔에 공감해 주는 것이 참 기뻤다. 그리고 내가 지나온 길이 다른 이에게 힘이 될 수 있다는 것이 얼마나 기분 좋은 일인지 모른다.

많은 이들의 응원과 공감이 있었기에 나는 새롭게 마이크를 잡고 노래를 부르게 된 것이다.

옛날 바다새로 가수활동을 열심히 하다가 가수의 꿈을 접어야만 했을 때, 내가 다시 대중들 앞에 가수로 나설 수 있을 것이라고 전혀 예상하지 못했다. 나의 꿈을 포기해야만 했고 아무리 실현하려고 노력해도 현실의 높은 벽을 넘지 못해 자괴감에 빠졌던 것이다.

나의 미래가 어떻게 흘러갈지 전혀 짐작할 수 없어 불안해하고 초조해 했다. 주위 환경과 조그만 어려움에도 휘청거린 나인데 이렇게까지 해낼 수 있었던 것은 엄청난 행운이라고 생각한다.

아직 나는 험난한 인생의 숲을 지나야 한다. 가시덤불 사이를 넘어가는 것처럼 시련이 나를 괴롭게 할지라도 나는 이제 두렵지 않다. 사람을 믿을 수 있다는 것, 언제든 내가 손을 내밀면 나를 따뜻하게 품어 줄 이가 있다는 것, 사랑하는 사람이 내 곁에 있기 때문이다.

나에게 새로운 무대의 기회가 주어진 만큼 거기서 얻는 보람도 크다. 나의 노래를 통해 누군가 다시 뜨겁게 살아갈 수 있는 희망을 받을 수 있다니. 이보다 멋진 일이 어디 있을까.

음악은 어떤 매개보다도 놀라운 힘을 가지고 있다. 음악은 말하지 못하고 보지 못하는 장애를 가진 이라도 마음의 치유를 받고 내일의 희망을 꿈꿀 수 있게 만든다. 나는 한 공연에서 음악이 가진 무한한 가능성을 실감할 수 있었다.

그때 행사는 지방의 장애인들을 위한 음악회였는데 모두들 어두운 마음과 현실의 아픔을 가지고 있었다. 무대는 많은 가수들과 객석의 호응으로 절정을 치닫고 있었다. 그날의 마지막 무대를 아직까지 잊을 수 없다. 마지막 곡은 오케스트라의 합주로 이뤄진 아리랑 이었다. 아리랑 특유의 구슬픈 멜로디가 오케스트라의 웅장한 선율로 연주되자 이내 객석에선 눈물을 보이기 시작했다. 스스로 자신의 감정을 제대로 표현하고 전달하지 못했던 이들이 온몸으로 음악의 감동에 답하고 있었다.

그날의 감동을 나는 가슴 깊이 새기고 누군가 나의 노래를 듣고 용기와 힘을 얻을 수 있다면 더 바랄 것이 없다고 생각했다.

26년 만에 다시 가수 김혜정의 삶을 살게 되면서 나는 다시 한 번 함께 사는 인생의 중요함을 깨달았다. 사람은 혼자서 살아갈 수 없다. 내가 아무리 가수가 되고 싶다고 노력한들 다른 이들의 관심과 응원이 없었다면 나는 아무것도 이루지 못했을 것이다. 혼자 서 있는 나무는 외롭고 쓸쓸하지만 많은 나무가 모이면 하나의 숲을 이루는 것처럼 말이다.

　나도 내가 받은 사랑을 보다 많은 이들에게 되돌려 줄 수 있도록 노력하고 싶다. 장애인 부모를 위한 음악회, 각 지역마다 어려운 이에게 희망을 주는 노래를 부르고 싶다.

꿈꾸는
아이들을 위해

노래를 부르는 일, 가수를 꿈꾸는 젊은 친구들이 참 많다. 무대에서 화려하게 반짝이는 그들을 보며 무작정 동경의 대상으로 삼고 가수가 되려는 친구들이 있는가 하면 노래 그 자체에 매력을 느끼고 가수가 되고파 하는 학생들도 많아진 듯하다.

남편이 실용음악학원을 운영할 때에도 나는 곧잘 학원에 나가 젊은 친구들과 생각을 공유하고 말을 나누는 것을 좋아했다. 그들의 혈기왕성한 열정을 보면 나도 그 힘을 전해 받아 노래에 대한 애정을 키워나갔다.

어렸을 적부터 가난했던 터라 나는 제대로 노래 레슨을 받지 못했다. 혼자서 텔레비전을 보며 가수들의 무대 동작, 발성법을 훔쳐 배웠다. 유명 가수를 따라하는 것에 불과했을 지라도 그 순간만큼은 나도 가수가 된 것처럼 황홀하고 즐거웠다.

혼자 곡을 연습하는 시간이 대부분이었기 때문에 한 곡을 제대로 습득하기까지 시간이 오래 걸렸다. 하지만 곡의 흐름, 감정표현 등을 세세하게 뜯어가며 연습했기 때문에 노래를 이해하는 방법을 자연스레 터득할 수 있었다. 그리고 한 노래를 부르기까지 세 달에 걸쳐 반복에 반복을 더하는 공을 들여 연습한 덕분에 한 번 외운 노래는 잊어버리질 않았다.

하지만 혼자 노래를 연습하는 것이 얼마나 힘이 들고 고독한 것인지 누구보다 잘 안다. 때문에 가수가 되고 싶고 노래를 공부하고 싶지만 가정형편이 어려워 학원이나 레슨을 받지 못하는 친구들을 보면 마음이 짠해진다. 옛날의 내 모습이 많이 생각나기 때문이다.

남편의 지인으로부터 소개를 받아 2008년부터 동부산대학교에서 실용음악 수업을 지도하게 됐다. 아직 많이 부족한 내가 교단에 서서 누군가를 가르친다는 사실이 처음에는 부끄럽게 느껴졌다. 하지만 그때의 수업을 통해 나는 학생들과 서로 교감하며 음악을 매개로 도움을 주고받는 보람을 깨달았다.

배움과 가르침에는 나이가 중요하지 않다는 것도 알게 됐다. 틀에 구애받지 않는 생각과 뜨거운 열정으로 가득 찬 학생들은 매일 매일 나를 일깨워 주는 스승이었다.

기억에 남는 한 학생이 있다. 그는 유달리 음악과 노래에 대한 관심이 많았다. 수업시간이면 한 자도 놓치지 않으려고 공책에 일일이 수업 내용을 적는 것은 물론이고 예습과 복습, 과제 제출에도 열성적이었다. 실기 시험이 있는 날에도 아침 일찍 학교에서 연습을 하는 것은 물론 모르는 것, 이해가 되지 않는 부분은 언제든 참지 않고 질문하는 그야말로 근면 성실한 학생이었다.

그러던 어느 날 갑자기 그 학생이 수업에 들어오지 않은 것이다. 이상하다고 생각했다. 한 번도 수업시간에 늦거나 빠진 적이 없는 아이인데, 분명 무슨 일이 생긴 것이라 직감했다. 아니나 다를까 그 학생은 학비를 감당하기 어려워 휴학계를 신청했다는 것이다.

언제나 꿈꿔왔던 너무나 하고 싶은 일이 현실의 벽에 가로 막혔을 때 인간은 두 가지 모습을 보이는 것 같다. 포기하거나 굴하지 않거나. 그 학생의 열정을 바로 옆에서 지켜본 나였기에 그 아이에게 포기 하지 말라고 용기를 북돋아 주고 싶었다.

아직 많이 부족한 내가 교단에 서서
누군가를 가르친다는 사실이 처음에는 부끄럽게 느껴졌다.
하지만 그때의 수업을 통해 나는 학생들과 서로 교감하며
음악을 매개로 도움을 주고받는 보람을 깨달았다.

어렵사리 알게 된 그 학생의 집 번호로 전화를 걸었다. 그 아이의 엄마가 전화를 받으셨다. 이런 저런 이야기를 나누던 중, 학비 때문에 공부를 잠시 쉬게 됐다는 말을 들었다.

전화를 끊고 곰곰이 생각을 했다. 이 아이에게 내가 줄 수 있는 도움은 무엇일까. 남편과 이야기를 나누다가 남편의 학원에 잠시 동안 수업을 듣게 하는 것이 어떻겠냐는 답이 나왔다. 다시 전화를 걸어 그 학생과 통화할 수 있었다.

"선생님, 그렇게 까지 하지 않으셔도 됩니더"

"공짜가 아니래도. 나중에 네가 돈 벌면 그때 갚으면 되지"

그 학생은 얼마간 남편의 학원에 나와 강의를 들었다. 그리고 작곡에 큰 관심을 보이며 앞으로 좋은 곡을 만들고 싶다는 이야기를 들었다. 학원 강의가 그 학생에게 있어서 큰 영향을 주지는 못했더라도 나는 아직 세상에서 따뜻한 꿈을 꿀 수 있다는 마음을 전하고 싶었다.

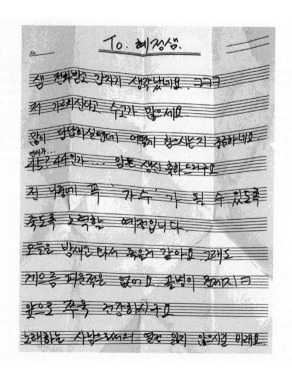

실용음악학원 수강생 중에는 특이한 분들도 더러 만날 수 있었다.

때는 2010년 여름이었다. 학원에서 학생들 수업을 잠시 봐주고 회의실에 앉아있는데 대뜸 어떤 여자가 문을 벌컥 열고 들어오는 것이 아닌가.

체구는 작지만 커다랗고 부리부리한 눈의 중년 여자는 나를 보자마자 노래를 가르쳐 달라고 졸랐다.

"야야~ 여기가 노래 부르는데 맞나? 내 노래 좀 가르쳐도"

그 여자분은 우리가 무당이라고 부르는 무속인이었다. 풍기는 아우라는 절도 있는 반면 말투에는 애교가 넘쳤다. 그 아주머니는 작은 소원을 가지고 있었다. 노래를 배워서 노래대회에 나가 상을 타는 것이었다.

"내가 옛날부터 노래자랑에 나가는 게 꿈이었다 안카나~ 내 노래 좀 들어봐리"

끼가 넘치는 그 아주머니는 그날 바로 노래강습을 등록하셨다. 아주머니의 음성은 약간 허스키하면서도 높은 편이었다. 노래 부르는 것을 참 좋아하셨는데 강의를 등록한 뒤부터 한 번도 빠지지 않고 열심히 학원을 나오셨다.

아주머니는 무속인 일을 하면서 부업으로는 시장에서 김을 팔았다. 하루는 큰 김뭉치를 가져다 먹으라고 내 손에 안겨주었다.

일주일에 두 번 수업을 하면서 아주머니의 목소리에 맞는 노래를 골라 눈을 감고도 외울 정도로 연습했다. 수업은 매번 오후 6시부터 시작했는데 오후 4시부터 학원에 와서 혼자 노래 연습에 빠졌다. 눈이 오나 비가 오나 아주머니의 불타는 열정은 계속 됐다.

그렇게 1년이 지났을까, 아주머니께서는 1년을 꾸준히 다녔으니 졸업장을 만들어 달라고 부탁했다. 원래 수료증이나 졸업증 같은 문서는 없었지만 아주머니가 그동안 보여준 노력이 너무 컸기에 종이에 졸업증이라고 간단한 양식으로 적어드렸다.

그 뒤부터 아주머니는 일상으로 돌아가신 듯했다. 아주머니를 잊었다고 생각했을 즈음, 전화 한 통이 학원으로 걸려왔다. 그 아주머니였다.

"야야~ 내 노래대회 나가서 3등 했다이가~ 다 니 덕분이다~"

아주머니는 지하철에서 열린 작은 노래대회에 나가 상을 타신 거였다. 쉬지 않고 노력한 아주머니는 결국 그렇게 바라던 대회에 나가 3등을 하셨다.

한국에서 음악을 전공하기 위해서는 경제적 여건이 뒷받침 돼야 가능하다는 인식이 넓게 깔려있다. 물론 틀린 말이 아니다. 좀 더 좋은 선생님, 좀 더 좋은 악기, 좀 더 좋은 학교에 간다면 음악을 통한 자신의 꿈을 상대적으로 빨리 실현할 수 있을지도 모르겠다. 하지만 나는 음악의 길을 꿈꾸는 아이들에게 이런 이야기를 하고 싶다.

자신이 가장 중요한 악기이며, 스스로 갈고 닦지 않는다면 그 누구도 제대로 된 소리를 만들 수 없다고.

지난날을 돌이켜 보면 나 역시 단시간에 꿈을 이루는 것이 목표였다. 하지만 시간이 흐를수록 깨닫는 것은 온몸을 부딪쳐 어려움을 이겨내는 과정이 무엇보다 중요하다는 점이다.

타고난 재능도 물론 중요하다. 하지만 처음부터 제대로 배우고자 하는 자세, 기본기를 다지고자 하는 마음이 가장 우선돼야 하지 않을까. 진심을 담아 배우고 그것을 노래로 표현하고자 노력했을 때 청중이 제일 먼저 알 것이다.

요즘은 노래를 배우고자 하는 친구들이 서둘러 무언가를 이루려고 하는 것 같아 아쉽다. 비록 언더에서 활동하더라도 자신만의 색깔을 가지고 음반을 내는 뮤지션을 보면 나도 겸허한 마음이 든다. 바로 노래는 진정성이 중요하다는 것을 말해주는 대목이다.

머리로 계산해 부르는 노래는 귀를 감동시키지만 마음으로 부르는 진정한 노래는 상대방의 가슴을 벅차게 한다고 들은 적이 있다.

나 역시 나만의 소리를 가꿔 많은 이들을 감동시키는 것이 오랜 내 소망이자 꿈이다. 비록 그 길이 언제 끝날지 모르는 험난한 길이라 할지라도 내 옆에 있는 나의 사람들과 함께 오늘도 행복한 꿈을 꾼다.

꿈이 현실로
이뤄지다

사람은 모두 저마다 꿈을 안고 살아간다. 꿈이란 이상의 것으로 현실에서 이뤄지기 어렵다고 이야기한다. 그래서 일반적으로 많은 사람들이 꿈을 헛된 것, 비현실적인 것으로 치부한다. 하지만 당장 이뤄지지 않는다 해도 자신만의 꿈을 가지고 있는 사람은 아름답다.

꿈이 실현되기 위해서는 스스로의 노력도 뒷받침돼야 하지만 주위 사람들의 도움도 중요하다는 것을 깨달았다. 바로 나의 울산 단독콘서트를 통해서 말이다.

가수가 단독콘서트를 연다는 것은 정말 큰 의미를 가진다. 여느 행사나 무대와 달리 스스로 주체가 돼서 자유롭게 관객 앞에서 자신의 노래를 부를 수 있으니 말이다. 그리고 나의 노래를 보다 많은 이들과 어울려 공감할 수 있어 많은 가수들이 꿈꾸고 원하는 것이 단독콘서트이다.

나 또한 나만의 콘서트를 여는 것이 꿈이었다. 하지만 콘서트는 나 혼자만 노래를 잘 부른다고 성사되는 것이 아니다. 나의 노래를 들어줄 관객, 그리고 함께 무대를 만들어 갈 동료들이 절실했다.

서울에서 방송과 여러 매체를 통해 우리 가족의 이야기가 알려졌다. 이 기세를 빌어 보다 많은 이들이 내 노래를 들어주길 바랐다. 부산에서는 공연을 한 경험이 어느 정도 있었지만 서울과 부산 외 지역에서의 공연 활동은 전무했다.

남편과 함께 고민하던 중 첫 단독콘서트 장소로 울산을 꼽았다. 울산은 부산과 가까워 우리가 자주 이동하며 상시 활동이 가능했다. 또한 많은 동료가수들이 울산을 문화의 도시라고 전해줬다. 음악뿐만 아니라 여러 문화를 즐기고 향유하는 것이 널리 대중화된 곳이라 했다.

실제로 울산을 방문했을 때 같은 느낌을 받을 수 있었다. 울산에는 자신의 취미와 문화에 대한 인식이 깊이 자리해 있었다.

어느 누구나 자신이 좋아하는 문화를 쉽게 접하고 즐길 수 있는 곳은 드물다고 생각한다. 문화를 접할 수 있는 환경 여건과 시설도 있어야 하고 다양한 문화 콘텐츠가 공존해야 가능한 것이기 때문이다.

울산에 위치한 KBS홀, 시민회관, 콘서트장 등은 언제나 각종 예술 공연이 열리고 있었다. 우리도 그곳에서 콘서트를 열어 많은 이들과 교감하고 싶었다. 사실 울산에서 단독콘서트를 연다는 것 자체가 우리 부부에게는 또다시 큰 모험이었다.

우리 부부는 울산에 아는 지인이 단 한명도 없었다. 그리고 울산 시민들 사이에서 가수 김혜정의 인지도가 얼마나 될지는 아무도 모를 일이었다.

남편은 울산에 위치한 7080 라이브 까페를 찾아 7080 시절의 노래를 즐겨 듣는 이들에게 먼저 다가가는 것이 좋다고 생각했다. 여러 사람에게 물어 울산에서 유명한 7080 라이브 까페를 찾았다.

'입영전야'라는 이름의 라이브 까페는 가게 이름처럼 옛 향수를 불러일으키는 애잔함이 묻어나는 곳이었다. 여러 가수들이 그곳에서 노래를 불렀고 라이브 무대가 활성화돼 있었다.

다짜고짜 입영전야를 찾아가 사장님을 뵙고 싶어서 왔다고 직원에게 말했다. 다행히 며칠 지나지 않아 입영전야의 박현우 사장님을 만날 수 있었고 입영전야에서 노래를 부를 수 있게 일정을 마련해 주셨다. 공연을 한지 두 달이 넘었을 즈음, 많은 이들이 나를 알아봐주기 시작했다. 김혜정이라는 가수의 노래에 진심으로 귀 기울여 주는 분들이 늘어나기 시작하니 더 없이 기뻤다.

행운은 뜻하지 않게 찾아오는 것 같다. 입영전야에서 노래를 부를 때 나는 또다시 너무나 소중한 인연을 마주할 수 있었다.

하루는 공연을 마치고 무대를 내려오는데 사장님께서 어떤 분을 소개시켜주시는 것이 아닌가. 인사를 나누고 보니 그 분은 울산 동구 축구연합회의 이명수 회장님이셨다. 평소에도 라이브 공연을 즐기기 위해 입영전야를 자주 찾는데 그날 공연을 잘 봤다며 응원해 주셨다.

그 뒤로 이명수 회장님은 입영전야를 찾으실 때마다 내게 안부를 물으시며 오늘도 노래가 참 좋았다는 칭찬을 아끼지 않으셨다. 열심히 노래한 보람이 더욱 크게 다가왔다.

어느 날 이명수 회장님은 입영전야에 새로운 손님과 함께 자리 했다. 울산의 동구청장님과 함께 나의 노래를 들으러 오신 것이었다. 이후 울산 동구청장님은 북구청장님과도 함께 무대를 보러 오셨다. 너무나 감사한 일이었다. 두 분은 입영전야에서의 내 무대를 눈여겨 봐주셨을 뿐만 아니라 콘서트 때도 많은 도움을 주셨다.

난생 처음 만나 인연을 맺은 이들이 나를 위해 진심으로 도움을 준다는 것. 그것을 나는 기적이라고 부르고 싶다. 그들의 도움이 없었다면, 응원이 없었다면 나는 한 발짝도 더 나아가지 못했을 것이다.

울산에서 지인을 만나며 활동을 한지 1년이 지났을 때 콘서트를 열기 위한 세부적인 준비에 들어갔다. 먼저 콘서트 장소를 정하는 것이 우선이었다. 처음 우리 부부가 생각한 곳은 울산문화회관이었다. 부푼 마음을 안고 남편은 울산문화회관을 찾았다.

하지만 처음 계획과 달리 뜻밖의 말을 전해 들었다. "죄송하지만 저희 회관에서 대중가수 공연은 불가합니다." 울산문화회관에서 콘서트를 열 수 없었던 것이다. 그 말을 들은 남편의 얼굴이 참으로 망연자실해 보였는지 문화회관 담당자는 바로 옆에 있는 울산 KBS홀에서는 대중가수 공연을 하고 있다고 일렀다.

남편은 바로 울산 KBS홀로 발길을 향했고 우여곡절 끝에 콘서트 담당자와 만났다. 울산 KBS홀은 공연 좌석이 무려 2000석이 넘었다. 처음 계획했던 것보다 훨씬 큰 무대가 된 것이다. 무모할 수도 있는 일이었지만 우리 부부는 울산 KBS홀과 계약을 맺고 콘서트 일자를 정했다.

2013년 9월 6일, 내 평생 잊지 못할 그 날. 구체적인 일정이 잡히고 나니 세부적으로 준비해야 할 것이 한 두 개가 아니었다. 먼저 함께 콘서트를 꾸밀 동료가수를 섭외하는 것이 급했다. 이번 콘서트에는 1985년 강변가요제 금상을 수상한 어우러기와 수퍼디바를 통해 알게 된 랩퍼 김민영씨가 함께 했다.

어우러기는 '밤에 피는 장미'라는 곡으로 유명한 그룹이다. 이들은 1986년에 정규 앨범을 낸 선배 가수들로 항상 나에게 조언과 격려를 주었다. 최근 어우러기는 2013년 7월에 제2집 앨범 '꿈은 이루어진다'를 발표했다. '별빛', '사나이' 등 주옥같은 노래를 직접 작사 작곡해 앨범을 구성했다.

　실력파 랩퍼인 김민영씨도 이번 콘서트에 적극적으로 참여해줬다. 김민영씨는 그룹 페이지 2집 '미안해요'의 곡에 삽입된 랩을 직접 쓰고 불렀다. 이밖에도 가수 하이드, 네온 등과 함께 작업하면서 다양한 랩을 선보였다. 수퍼디바의 무대에서 일찍 그의 실력을 알 수 있었다. 그는 콘서트에서도 온힘을 다해 열정적인 무대를 보여줬다.

　울산 KBS홀의 콘서트장 규모가 큰 만큼 객석을 어떻게 채울지 고민이 됐다. 직접 내 이름을 걸고 무대를 펼치는 것도 중요하지만 보러와 주는 이가 없다면 무용지물이 아닌가.

　울산에서 새롭게 알게 된 지인들은 보다 많은 관객이 콘서트 장을 찾을 수 있게 큰 도움을 줬다. 현대 자동차에서 근무하는 구동현님은 손수 여러곳을 다니면서 100여장에 가까운 표를 판매해 주셨고 김남인 정상학원 원장님은 현수막을 직접 제작해주시기도 하고 특히 이번공연에 가장 큰 도움을 주신 이명수 회장님은 직접 관람권을 구입하셔서 동구 분들에게 전해주셨다. 울산 동구청장님께서도 울산동구청 직원들 100명을 모아 콘서트를 관람하셨다. 이렇게 물심양면으로 도와주시다니 어떻게 감사의 말을 전해야 할지 모르겠다.

울산북구청장님 역시 콘서트에 찾아오셨을 뿐만 아니라 이후 울산 북구에서 열리는 다양한 행사에 초대를 해주셨다.

울산에서 많은 좋은 분 들을 소개해주신분은 단연 윤석중씨라고 할 수 있고 또한 울산에서 최초로 인간 김혜정의 이야기를 할 수 있게 자리를 마련해 주신 분은 다름 아닌 삼성화재 최해숙 팀장님이다. 최해숙 팀장님은 울산에서 토크 콘서트를 할 수 있게 해주셨을 뿐만 아니라 자신의 회사 동료들에게 콘서트 개최를 알려 많은 동료들이 콘서트에 오게끔 도와 주셨다.

콘서트 당일 전날 가만히 누워서 준비하면서 지금까지를 떠올렸다. 이루 말로 다 할 수 없는 감동이 밀려왔다. 많은 사람들이 내게 베푼 친절, 어느 것 하나 바라지 않고 도와준 그들의 순수한 마음. 그들을 위해서라도 나는 내 온힘을 다해 내일의 콘서트에 임해야 했다. 그것만이 내가 할 수 있는 최선의 보답이라고 생각했다.

울산에서의 단독콘서트는 내 생애 최고의 무대가 됐다. 동료가수들과 함께 호흡하며 관객들의 쏟아지는 박수소리를 들으며 오롯이 가수 김혜정이었던 시간. 마지막 노래 '모두 다 주고 싶다'가 끝나고 나서도 끊이질 않던 환호성.

그때를 회상하면 어떻게 그 꿈을 이룰 수 있었는지 마냥 신기하기만 하다. 특히 남편은 공연장 계약부터 홍보, 티켓판매, 무대장치 및 스텝관리, 출연섭외 등 대형기획사에서 여러 사람이 하는 그 많은 일들을 혼자서 다 해냈는데 차려진 무대위에서 노래만 하는 나로서는 정말 감사하고 한편 미안하면서 고생하는 남편이 안쓰럽기까지 했다. 나는 줄곧 혼자라고 생각했다. 인생은 혼자 살아가는 것이니까. 하지만 그렇지 않다. 더불어 살아가는 삶이 얼마나 값진 것인지 울산 콘서트로 알게 됐다. 울산이라는 새로운 지역에서 펼친 나의 꿈이 많은 이들의 도움으로 실현된 것이다.

지금 자신에게 슬픔과 괴로움이 다쳤다고, 삶의 우울에 빠져있다고 사람을 외면하지 않길 바란다. 고통 받는 자신을 어루 만져줄 사람이 주위에 반드시 있다. <u>어려운 상황일수록 많은 이들을 만나길 바란다. 그들은 당신에게 진심어린 조언과 따스한 말 한마디를 건넬 것이다. 그것은 비로소 당신의 응어리진 마음의 빗장을 열어줄 중요한 열쇠가 될 것이다.</u>

▲ 자이언츠 야구단 조지훈 응원단장님

▲ 한국전기안전공사 박철곤 사장님과 김희석 단장님

▲ 개그맨 김원효님

▲ 영화배우 정준호님

▲ 이해수 한국노총부산본부장님

▲ 김상식 부산항운노조위원장님

사랑하는 우리 아들
무영이에게

나에게 가장 소중한 사람은 가족이다. 힘든 시련을 함께 견디며 아파해 온 이들이 있기 때문에 나는 오늘도 살아갈 용기를 얻는다. 어려운 시절을 누구보다도 잘 알고 있는 우리 가족. 하지만 서로에게 가지는 고마운 마음이 '가족이니까 당연하다'라고 여겨졌던 적이 한두 번이 아닐 것이다. 우리 가족에게 감사한 마음을 여기에 다 적으려면 백 장, 천 장의 종이도 모자랄 것 같다.

　나는 이 자리를 통해 우리 막내 무영이에게 나의 마음을 전하고 싶다. 무영이는 16살이다. 한참 예민할 때, 자신만의 고민이 깊어져 가는 나이다. 그런 무영이에게 나는 제대로 따스한 말을 해주지 못했다. 그동안 무영이에게 하고 싶었던 말들을 편지형식으로 간략하게나마 적어본다.

사랑하는 우리 아들 무영이에게

무영아, 이렇게 편지를 쓰며 네 이름을 부르는 것이 조금 쑥스럽지만 좋구나. 네게 처음 쓰는 이 편지가 내게도 감회가 새롭단다.

그동안 네게 하고픈 말들이 참 많았는데 이제야 편지로 전하는 것이 미안하구나. 어려운 환경 속에서도 항상 꿋꿋하게 지내는 너의 모습을 보면서 엄마는 네가 대견스러우면서도 마음이 아프다.

형이 아프다보니 가족들은 언제나 형을 우선시하며 지내왔구나. 너에게 좀 더 많은 관심을 쏟지 못했던 것은 아닐까 걱정이 앞선다. 가족들이 너를 잘 챙기지 못해도 항상 형의 아픔을 먼저 알고 노력해준 네가 참 고맙다.

세상에서 가장 가까우면서도 멀게 느껴지는 관계가 자식과 부모 사이 같다. 배 아파 낳은 나의 자식임에도 너 또한 한 명의 사람이다 보니 너의 마음을 다 알 수 없어 때로는 궁금하고 조급할 때가 있단다.

너를 가졌을 때가 문득 떠오른다. 점점 배가 불러 올 때 엄마와 아빠는 설레면서도 많은 걱정을 했단다. '너 마저 아프면 어떡하지', '낳아서 잘 길러야 할 텐데, 내가 잘할 수 있을까'하는 고민들이 않으나 서나 떠나질 않았단다.

그래서 더욱이 네가 나의 배에 있을 땐 예쁜 것만 보고, 좋은 것만 먹으려고 더 애썼단다. 네가 우리 곁에 안길 때 그 순간을 나는 또렷이 기억한다. 발갛고 작은 너, 그렇게 너는 우리 가족이 되었단다.

어렸을 때부터 너는 참 착한 아이였어. 엄마 아빠 말을 잘 따라주었을 뿐만 아니라 언제나 활짝 웃는 얼굴로 우리에게 기쁨을 주었단다. 하루는 네가 마술을 보여주겠다며 우리 앞에서 열심히 동전이며 카드를 가지고 마술쇼를 펼쳤어. 엄마 아빠를 즐겁게 하려고 애쓴 너의 모습이 너무나도 예뻤다.

네가 초등학교에 들어가면서부터 갑작스레 너 혼자 지내는 시간이 늘었던 것 같다. 엄마 아빠가 공연이다 출장이다 바빠지기 시작하면서 너와 보내는 시간이 줄었구나. 그 때는 우리 가족을 위해 어쩔 수 없었음에도 돌이켜보면 네게 참 미안하다.

한참 엄마 아빠의 사랑을 듬뿍 받고 지내야 했던 시기에 너는 너만의 생각과 고민을 하며 외로웠을 생각에 가슴이 미어진다. 아무리 경제적으로 집이 어려웠어도 좀 더 네게 따뜻하게 대해 줬으면 좋았을 텐데..후회가 앞선다.

부족한 엄마 아빠여도 항상 우리를 응원해주는 네가 있어 얼마나 힘이 나는지 모른다. 수퍼디바에 나갈 때도 엄마가 제일 멋있다고, 힘내라고 목청껏 응원하던 네 모습이 눈에 선하구나.

한 번씩 나는 생각에 잠긴단다. '만약 내가 평범한 엄마였다면 너는 더 행복했을 텐데'하고 말이야. 가수 활동을 본격적으로 시작하면서 일주일에 겨우 한 번 볼까 말까한 엄마. 잠깐 보는 시간에도 피곤에 지쳐 있는 엄마. 네게 나는 빵점짜리 엄마가 아닐까.

내가 하는 일이 너를 더 외롭게 만드는 것은 아닐까. 그런 생각이 들 때마다 나는 어떻게 해야 할까 고민에 잠긴단다. 너에게 좀 더 귀를 기울이고, 너의 생활에 보다 힘이 되어 주는 그런 엄마가 되고 싶은데. 현실에서는 갈수록 너와의 거리가 멀어지고 있는 것 같아 불안한 마음이 들기도 한단다.

한 가지 분명하게 말할 수 있는 것은, 무영아 나는 너를 정말 사랑해. 너에게 살갑게 표현하지 못하고 네가 원하는 것을 제대로 채워주고 있지 못하지만. 너를 생각하는 마음만큼은 진짜라고 말하고 싶다. 말로만 하는 사랑은 아무런 힘이 없다고 할지 몰라도 말이야.

그래. 사랑은 말로 하는 것이 아닌걸. 상대방의 마음을 들여다보려고 끊임없이 노력해야 한다는 걸. 우리가 많은 시간을 둘러 온 만큼 이제는 너와 내가 마주 할 수 있는 때가 많아지기를 바란단다. 비록 우리가 함께 얼굴을 맞대는 시간이 떨어져 있는 때보다 짧아도 마음만은 너와 연결돼 있기를.

네가 중학교를 다니고 더 커서 고등학교, 대학교를 다닐 때엔 더욱 너만의 생각이 커지지 않을까. 너를 이루는 그 생각과 마음속에 나도 함께 자리한다면 나는 더 없이 기쁠 거야. 네가 힘들 때, 고민에 빠졌을 때 나를 떠올려 준다면 더 없이 행복할 거야.

가족이란 인생의 큰 그림을 함께 그려나가는 존재라고 생각한단다. 너와 준영이 다 같이 서툴더라도, 시간이 오래 걸리더라도 아름다운 그림을 그려나가자.

20년 뒤, 우리의
미래를 꿈꾸며

준영이는 올해로 21살이 됐다. 장애를 안고 있는 아이들은 나이가 들어 학교를 졸업하고 나면 공공시설의 혜택을 받지 못한다. 민간시설에 옮겨가 다시 교육과 치료를 병행해야 하는데 비용이 높을 뿐 아니라 시설도 턱 없이 모자란다.

우리 부부는 점점 늙어 가는데 누가 준영이를 보살펴 줄 수 있을까. 준영이는 과연 혼자 살아갈 수 있을까. 시간이 흘러갈수록 나는 준영이의 미래에 대한 고민이 깊어져 갔다. 그렇다보니 자연스레 우리 부부는 준영이를 위한 앞날을 계획하기 시작했다.

경제적으로 여유로워진다면 준영이와 같은 지적장애아들이 함께 생활하고 치료를 받을 수 있는 보호센터를 만들고 싶다. 나이가 어린 친구들은 공공기관을 이용한다 해도 20대를 훌쩍 넘은 청장년 장애아들을 위한 보호센터는 찾아보기 힘들기 때문이다.

공간이 그리 크지 않더라도 장애아들이 원하는 교육을 받으며 마음껏 뛰어 놀 수 있는 곳이 좋겠다. 나와 같은 마음을 가진 음악가들도 초청해 장애아들에게 음악을 가르친다면 더할 나위 없겠다.

마당에는 잔디를 심은 자그마한 운동장이 있어 쉬는 시간이면 아이들이 저마다 하고 싶은 놀이를 어울려 하기도 하고 벌렁 누워 자연 속에서 쉬기도 하고.

낮에는 지적장애아들을 위한 보호센터였지만 밤에는 음악인들을 위한 공간으로 탈바꿈 한다. 여러 음악가들과 음악을 사랑하는 이들이 함께 모여 아름다운 소리를 내는 곳. 준영이도 악기를 배워 나와 같이 노래를 부르고 연주를 한다면 정말 멋질 것 같다.

음악은 사람의 마음을 움직이는 커다란 힘을 가졌다. 접하는 사람이 누구인지 불문하고 나이가 많든 적든, 장애를 가졌든 아니든 가슴 속 깊은 곳을 울리는 그런 힘 말이다.

내게도 음악은 오아시스와 같은 존재다. 힘들고 삭막한 현실을 버틸 수 있는 작은 오아시스. 어려움에 처한 이들을 도우면서 음악을 계속 할 수 있다면 그야말로 내 인생은 성공한 것이 아닐까.

이제껏 나는 살아오면서 많은 이들에게 죽어도 다 갚지 못하는 은혜를 입었다. 내가 계속해서 가수활동을 할 수 있게 도와준 이, 준영이를 친자식처럼 따스하게 돌봐준 이, 내가 힘에 겨워 무너질 때마다 내 손을 잡아 일으켜 세워준 이들. 그들에게 받은 값진 선물에 보답하는 것은 바로 나도 받은 만큼 다시 많은 이들에게 돌려주는 거다.

예전의 나는 조금이라도 더 가지기 위해 아등바등 살았다. 남들은 무엇을 가지고 있는지 나도 남들처럼 다 가져야 하는데 내가 가지지 못한 것이 있으면 주눅이 들었다. 하지만 남과 비교하는 삶은 내게 기쁨은커녕 매번 박탈감만 불러왔다.

내가 꿈꾸는 미래를 위해 나는 무던히 더 노력해야 할 것이다. 나와 우리 가족의 행복과 그것을 많은 이들과 함께 나누기 위해서는 말이다.

변하지 않는 나의 현실 속에서 지금 보다 더 멋진 미래를 만들 수 있는 원동력은 나의 믿음이라고 생각한다. 나는 할 수 있다는 믿음. 돌부리에 걸려 넘어지고 지쳐 쓰러져도 다시 일어날 수 있다는 믿음.

지금 우리 가족의 삶은 즐거운 것보다 고단하고 어려운 점들이 더 많을지 모르겠다. 다들 자신만의 고민과 생각을 하며 앞으로 걸어가야 할 길을 보며 한숨짓고 있는 것은 아닐까. 때때로 찾아오는 삶의 무게를 가족들이 혼자 짊어지지 않도록 많이 소통하고 싶다. 내가 이런 말을 하면 상대방이 오해하는 것은 아닐까, 왜 저런 말을 하는 걸까 생각하며 혼자 오해하지 않도록. 서로 아끼고 있다는 소중함을 느낄 수 있도록.

오늘의 나는 내일의 행복을 만든다는 믿음으로 희망찬 하루를 살고 싶다. 즐거운 하루는 모이고 모여 즐거운 내일을 만드니까.

나의 긍정적인 에너지가 우리 가족에게 전해져 힘을 불어 넣어주길 바란다. 그리고 나의 노래에도 고스란히 들어가 듣는 이들의 마음을 따뜻하게 감싸 안아주길 바란다.

인생은 끝없이 계속 올라가야만 하는 계단과 같게 느껴진다. 남들보다 빨리, 그리고 더 높이 올라가는 것 보다 느리더라도 하나씩 올라가는 것이 중요할 거다. 힘이 들면 잠시 멈춰 주위 풍경을 바라보며 쉬어가고 기쁜 마음으로 한 계단씩 올라가고 싶다.

끊임없이 이어진 인생의 길을 보며 '그래도 내가 많은 이들 덕분에 여기 까지 왔구나' 새삼 느낀다. 아직 가야 할, 내가 디뎌야 할 계단은 수없이 많지만 포기하지 않고 즐거운 마음으로 오르고 싶다.

힘이 들면 잠시 멈춰
주위 풍경을 바라보며 쉬어가고
기쁜 마음으로 한 계단씩 올라가고 싶다.
끊임없이 이어진 인생의 길을 보며
'그래도 내가 많은 이들 덕분에
여기 까지 왔구나' 새삼 느낀다.
아직 가야 할, 내가 디뎌야 할 계단은
수없이 많지만 포기하지 않고
즐거운 마음으로 오르고 싶다.

에필로그

모두 다
주고 싶다

요즘은 학부모들을 위한 학교 행사에 초청을 많이 받고 있다. 발달장애를 가진 준영이 키우고 있어 그런지 나의 이야기를 듣고 학부모들은 눈물을 훔치며 공감을 표했다. 너 나 할 것 없이 육아는 정말 많은 노력이 요구되는 것 같다.

한바탕 눈물을 쏟은 학부모들은 나의 노래에 더욱 집중했다. '모두 다 주고 싶다'를 부르며 학부모들의 얼굴을 바라보면 한 사람 한 사람이 나의 아픔과 기쁨에 공감하는 것 같아 내 가슴도 뭉클했다. 우리는 그날 처음 학교에서 마주했지만 음악과 이야기를 통해서 마음 깊은 곳까지 서로를 어루만지는 것이다.

그럴 때마다 나는 음악이 가진 매력에 다시 한 번 실감한다. 자폐를 앓고 있는 준영이도 음악을 통해 아름다움을 느낀다. 모든 것을 설명하지 않아도 가슴으로 느낄 수 있는 힘이 음악에는 분명히 있다.

아무리 내게 주어진 현실이 힘들다고 해도 스스로 매진할 수 있는 일을 찾고 그것에서 보람을 느낀다면 인생의 의미를 깨달은 것과 마찬가지라고 생각한다.

내가 걸어온 삶은 추운 겨울과 따뜻한 봄을 무수히 반복했다. 계절은 한 곳에 머물러 있지 않고 흘러간다. 지금 내가 서 있는 곳이 혹독한 추위가 몰아치는 겨울이라 할지라도 곧 그 시련은 지나가기 마련이다.

지나온 시간들을 돌이켜 보면 인생은 마음먹었던 대로 가지 않고 예상치 못한 방향으로 간 적이 더 많았다.

대학교에 입학하고 강변가요제에 나가는 기회를 얻어 수상을 하기도 했고 갑작스레 정상의 자리에 올라 가수로써 화려한 시간을 맛보기도 했다. 하지만 언제 그랬냐는 듯, 한 순간에 모든 것을 잃고 평범한 김혜정으로 살아야 했다.

사람들의 이기심에 마음의 상처를 입고 자신들의 이익을 위해 나를 이용하려는 사람들에게 절대 속지 않겠다고 다짐한 적도 있다. 하지만 또다시 사람의 따뜻한 정이 그리워 사랑을 하고 그 속에서 믿음을 꽃피웠다.

내가 꿈꿨던 가족의 이상향이 현실과 달라 스스로 자책하며 힘들어 했던 때도 있었지만 준영이와 무영이를 통해 가족의 소중함을 깨닫기도 했다.

한 때 나의 전부라고 생각했던 것을 송두리째 잃었는가 하면 주위 사람들로 하여금 다 갚을 수 없을 만큼 큰 도움을 받기도 했다.

인생을 걸어가는 것은 그런 걸까. 걷고 있는 그 길이 내가 생각한 것과 달라도 또 다른 가치와 즐거움을 발견해 가는 것. 마음을 열고 꿈을 실천해 나갈수록 큰 기쁨을 맛 볼 수 있는 것이 아닐까.

당신이 추운 겨울을 묵묵히 걸어가고 있다면 아무리 힘들다 해도 꿈과 사랑을 절대 놓지 말라고 말해주고 싶다. 현실에 지쳐 쓰러질 때도 나를 다시 일으켜줬던 것은 다름 아닌 꿈과 사랑이었기 때문이다.

내가 걸어온 삶을 이렇게 적고 보니 참 많은 일들이 있었다. 예나 지금이나 나의 삶은 아직 다듬어지지 않은 채, 투박한 모습 그대로인 것 같다. 살아갈 날도 마찬가지 일 것이다. 여전히 어려움이 우리 가족을 덮칠 것이고 원치 않은 시련이 나의 발을 잡을 거다.

하지만 이제 두려움은 없다. 내 곁에는 나와 함께 걸어갈 가족이 있으니까. 좋은 일, 나쁜 일을 같이 울고 웃으며 빛을 향해 나아갈 수 있으니.

이 책을 통해 고마운 인연에게 감사한 마음을 전할 수 있길 바란다. 그리고 앞으로 펼쳐질 미래, 희망을 찾아 행복을 찾아 끊임없이 노력하며 더불어 살고 싶다.

글을 마치며...
일일히 한 분 한 분 찾아뵙고 인사를 드려야 하지만 감사한 마음을
책으로 대신 전합니다.